EIN CONALL WEIHNACHTEN

EIN-SCHOTTISCHER ZEITREISE-ROMAN

BETHANY CLAIRE

Herausgeber: Dee Pace

Cover Design: Damonza

Übersetzung: Anja Möst

Lektorat: Nicole Schulze

Erhältlich als E-Book

E-Book ISBN: 978-1-970110-31-9

Taschenbuch ISBN: 978-1-970110-46-3

http://www.bethanyclaire.com

KAPITEL 1

Conall Burg, Schottland – Dezember 1646

Es gibt nichts Schöneres als das sanfte Pochen gegen die Handfläche, wenn man sie gegen den Schwangerschaftsbauch drückt und dem kleinen Säugling, der sicher im Bauch seiner Mutter liegt, erlaubt, gegen die Innenseite der Hand zu treten. Diese surreale Erfahrung erfüllte mich mit Freude, als ich meine Hände auf den Bauch meiner Tochter drückte und breit lächelte, während mir die Tränen in die Augen stiegen. Ich hatte die Bewegung des Kindes mehr als einmal gespürt, aber das spielte keine Rolle. Meine Reaktion schien jedes Mal die gleiche zu sein. Mein Baby hatte mein Herz vollkommen erobert, auch wenn es noch Wochen dauern würde, bis ich wusste, dass es sicher zur Welt kommen würde. Ohne die Annehmlichkeiten der Technik und der Medizin aus unserer Zeit.

»In Ordnung, Mom. Ich werde mich jetzt von dir entfernen. Du kannst deine Hände nicht jeden Moment des Tages an meinen Bauch drücken.«

Ich lächelte, als Bri wegtrat und sich das Ende der Decke schnappte, während sie das andere in meine Richtung warf und mir signalisierte, ihr beim Falten zu helfen. »Oh, aber ich wünschte, ich könnte es. Ich glaube, die Kleine bewegt sich noch mehr als du, Liebes, und du warst ziemlich aktiv.«

»Wirklich? Na ja, dann entschuldige ich mich aufrichtig. So langsam fühle ich mich miserabel.«

Als wollte sie ihren Standpunkt unterstreichen, ließ sie sich auf ihr frisch gemachtes Bett fallen und warf die Hände über den Kopf, soweit ihr Kleid es zuließ. Ich streifte meine eigenen Schuhe ab und hob mein Kleid hoch, während ich mich auf das Fußende setzte, ihre Füße auf meinen Schoß zog und ihr die Schuhe auszog, damit ich ihre geschwollenen und mit Sicherheit schmerzenden Füße massieren konnte.

Sie seufzte, als ich sie massierte, wackelte mit ihren Zehen, als ich zudrückte, und plötzlich sah ich sie als das kleine Mädchen, das sie einmal gewesen war. Sie war mehr als bereit und fähig, sich um ein Kind zu kümmern, aber es fiel mir schwer zu glauben, dass sie so schnell erwachsen geworden war, ganz zu schweigen von der Tatsache, dass ich alt genug war, um eine Großmutter zu sein.

Ich knetete ihre Fußsohlen weiter, bis sie einschlief. Als sie leicht zu schnarchen begann, hob ich ihre Beine vorsichtig an und robbte so sanft wie möglich vom Bett. Ich ging zum Kamin und stocherte im Holz herum, bis die Flamme wieder kräftig über den Holzscheiten brannte. Ich setzte mich auf einen kleinen Holzstuhl, der davor stand und starrte in die Flammen, bevor ich meinen Blick durch den Raum schweifen ließ.

Jeder Zentimeter der Burg strotzte vor Magie. Man konnte sie in der Luft spüren. Als ich dasaß und meine schuhlosen

Zehen am Feuer wärmte, konnte ich fast spüren, wie Mornas Augen über die Jahrhunderte hinweg über uns wachten.

Eigentlich war das keine Überraschung. Wahrscheinlich war es nur logisch, dass die Magie in der ganzen Burg spürbar war. Immerhin hatte sie Bri und mich dazu gebracht, an diesen Ort und in dieses Jahrhundert zu kommen, obwohl wir Hunderte von Jahren in der Zukunft geboren worden waren.

Bevor ich in die Vergangenheit gereist war, war ich Archäologin mit einer Spezialisierung auf keltische Funde und Geschichte gewesen. Mehr als zwanzig Jahre meines Lebens hatte ich damit verbracht, das Geheimnis zu lüften, wer den Conall Clan im Dezember 1645 ermordet hatte.

Meine fortwährenden Bemühungen, dieses Rätsel zu ergründen, hatten mich und meine Tochter vor nur einem Jahr, dem Jahr 2013, zu den Ruinen der Conall Burg geführt. Ich hatte sie so lange bedrängt, bis sie zugestimmt hatte, mich zu begleiten. Natürlich hatte ich nicht gewusst, dass ein Zauber, der von einer geliebten Vorfahrin der Conalls, Morna, ausgesprochen worden war, sie aus unserer Zeit reißen und in die Vergangenheit bringen würde, wo sie mit den Conalls kurz vor dem verheerenden Blutbad zusammengelebt hatte.

Zum Glück war Bri von dem Zauber dazu bestimmt gewesen, hierherzukommen. Sie hatte ihnen nicht nur geholfen, den Lauf der Geschichte zu verändern, indem sie das Massaker verhindert hatte, sie hatte sich auch in den Mann ihrer Träume verliebt – den neuen Gutsherren von Conall Castle, Eoin. Ich hatte mich nicht von meiner Tochter trennen wollen, egal wie sehr ich mich für sie gefreut hatte, und als Bri beschloss, in dieser Zeit zu bleiben, nutzte ich Mornas Zauber, um selbst zurückzureisen.

Das Aufregende an meinem Leben als Archäologin war es, mit den Menschen zusammenzuleben, die ich einen Großteil meines Lebens erforscht hatte. Ich lebte nun in einem Traum, der allmählich zur Realität wurde. Und obendrein würde ich bald Großmutter werden.

Ich war glücklicher denn je, und es gab nur einen einzigen Gedanken, der mich von einem perfekten Leben abhielt. Ich war immer gesellig gewesen. Ich hatte mich gerne verabredet. Ich flirtete gerne. Auch wenn es selbst in der Zukunft schwieriger geworden war, sich mit jemandem in meinem Alter zu verabreden, war ich mir sicher, dass mich die Männer im siebzehnten Jahrhundert als viel zu alt und mit einem Fuß im Grab betrachteten.

Wahrscheinlich würde ich den Rest meiner Tage allein verbringen. Etwas, das ich kurz nach meiner Ankunft in dieser Zeit erkannt hatte, aber eine Tatsache, die ich nicht so schnell akzeptieren konnte, wie ich gehofft hatte.

Aber das spielte keine Rolle. Ich hatte viel, wofür ich dankbar sein konnte. Die Weihnachtszeit war die beste Zeit des Jahres, und sie stand vor der Tür. Ich wollte die Vorbereitungen für die Feiertage mit Bri besprechen. Als ich also sah, dass sie sich rührte, stand ich von meinem Platz am Feuer auf und ging zu ihr, um mich an ihre Seite zu stellen.

»Was?« Ich wusste, dass die Tonlage meiner Stimme zu hoch, fast quiekend war, aber wenn diese alte Schachtel dachte, sie könnte unser Weihnachten abwürgen, täuschte sie sich gewaltig.

»Mom, ist das wirklich so schlimm? Letztes Jahr haben wir es nicht einmal bemerkt.«

Die Hormone brachten ihren Kopf durcheinander. Bri liebte Weihnachten genauso sehr wie ich. Ich konnte mir nicht vorstellen, warum es für sie so selbstverständlich zu sein schien, Weihnachten ausfallen zu lassen. »Ja, es ist so schlimm! Natürlich hast du es letztes Jahr nicht bemerkt. Ihr wart alle zu sehr damit beschäftigt, den Angriff auf die Burg zu verhindern. Was hat Mary für ein Problem mit Weihnachten?«

Mir entging nicht, dass Bri mit den Augen rollte, bevor sie meine Frage beantwortete. »Sie mag Weihnachten sehr gerne. Sie liebt es zu kochen. Das weißt du doch. Es ist nur so, dass Weihnachten nach dem Tod von Eoins Mutter im Laufe der Jahre immer mehr an Bedeutung verloren hat. Ganz zu schweigen davon, dass es in den letzten vier Jahrzehnten in Schottland verboten war.«

Meine Augen ahmten die meiner Tochter nach. »Liebling, du weißt genauso gut wie ich, dass Weihnachten weiterhin gefeiert wurde, nur ein bisschen leiser. Zudem weiß ich nicht, wer es durchsetzen soll, wenn nicht dein Mann, der Gutsherr.«

»Na ja ... eigentlich niemand. Hör zu, ich liebe Weihnachten, aber ich habe keine Lust, Mary noch mehr in Aufruhr zu versetzen, als sie es ohnehin schon ständig ist. Wenn du sie dazu überreden kannst, dann werde ich die Erste sein, die mit dir auf den Weihnachtszug aufspringt.«

»Oh, ich werde sie überreden. Auch wenn sie sich gerne dagegen sträubt, bin ich Marys beste Freundin, und sie beschwert sich ohnehin bei jeder Gelegenheit. Geh und hol Eoin. Ich weiß zwar, dass sie irgendwann einwilligen wird, aber wir brauchen ihn vielleicht, um in den Streit einzugreifen, den sie sicher anzetteln wird.«

Bri nickte und lachte, als ich mich umdrehte und ihr Schlafgemach verließ. Es war nicht zum Lachen. Ob das Kind nun anwesend war oder nicht, mein erstes Enkelkind würde ein Weihnachten erleben, das jedes andere übertraf. Dafür würde ich sorgen.

KAPITEL 2

Ein dreitägiger Ritt nördlich von Conall Castle

Vor seinem Fenster türmte sich der Schnee, und seine knackenden Gelenke verrieten ihm, dass sich ein schlimmer Sturm zusammenbraute. Trotzdem verließ er sein Zuhause jedes Jahr um diese Zeit. In den über zwanzig Jahren seit dem Tod seiner Geliebten hatte er die Reise zu ihrer Grabstätte nicht ein einziges Mal versäumt. Er hatte nicht vor, sich vom Schnee von seinen Plänen abbringen zu lassen.

Hew ging in seinem kleinen Haus umher, um vor seiner Reise in den Süden alles in Ordnung zu bringen. Er lebte allein, weit weg vom nächsten Dorf. Er hatte seit Monaten keine Menschenseele mehr gesehen und das war auch gut so. Er wusste, dass seine Schüchternheit ihn zurückhielt. Es war ein Wunder gewesen, dass er überhaupt jemals geheiratet hatte.

Er hatte es nicht erwartet, als die beste Freundin seiner Schwester, Mae, sich ihm genähert hatte, während er Holz für das Feuer hinter seinem Zuhause gehackt hatte. Sie hatte sein Gesicht ergriffen und ihn direkt auf den Mund geküsst. Er war damals ein junger Bursche gewesen und dieser Kuss hatte sein Leben verändert. Hew war mit Mae aufgewachsen, die ständig im Haus seiner Familie gewesen war. Mae und seine Schwester waren unzertrennlich gewesen. Während er sie jahrelang im Stillen bewundert hatte, war er viel zu schüchtern gewesen, um ihr jemals zu gestehen, dass sein Herz nur für sie schlug.

In jener Nacht vor so vielen Jahren hatte er gespürt, wie sie ihn beobachtet hatte, aber er hatte sich nicht umgedreht, um sie darauf anzusprechen, da sein Herz jedes Mal unangenehm gepocht hatte, wenn sie in der Nähe gewesen war. Er schwang seine Axt einfach weiter in die Holzscheite und hackte sie zügig in zwei Teile. Er hatte zusammengezuckt, als er ihre Hand auf dem unteren Teil seines Rückens gespürt hatte, sodass er die Kante des Holzblocks erwischte, bevor er seine Axt auf den Boden warf und zu ihr herumwirbelte, um sie anzusehen.

»Mae, du hast mich erschreckt, Mädchen. Du solltest drinnen sein. Es ist viel zu kalt hier draußen im Freien.« Er konnte sich an jedes Wort erinnern, das zwischen ihnen gefallen war, denn die Begegnung war für immer in seinem Gedächtnis haften geblieben.

Sie hatte seinen Arm berührt, gelächelt und den Kopf geschüttelt, um seine Sorge zu zerstreuen. »Hew, wenn es nicht zu kalt für dich ist, dann werde ich wohl auch nicht erfrieren. Wusstest du, dass ich morgen achtzehn Jahre alt werde?«

Er hatte sich einen Schritt von ihr entfernt, denn er war zu nervös gewesen, um ihre Hand auf seinem Arm verweilen zu lassen. »Nein, Mädchen. Das habe ich nicht gewusst. Ich werde dir etwas anfertigen. Dir vielleicht ein Schmuckstück schnitzen?« Er wusste nicht, was er sagen sollte – das wusste er bei ihr nie.

»Das würde mir sehr gefallen, aber das ist nicht der Grund, warum ich es dir gegenüber erwähnt habe.«

Er hatte die frisch gehackten Holzscheite in die Hände genommen, um sich in ihrer Gegenwart irgendwie zu beschäftigen. »Nein? Warum hast du es dann erzählt?«

Er verstummte, als sie sich vor ihn stellte und ihm den Weg versperrte. »Könntest du das für einen Moment beiseite legen, Hew? Ich versuche, mit dir zu reden, falls du es nicht bemerkt hast.«

Er errötete und gehorchte. »Aye, Mädchen. Warum setzen wir uns nicht für einen Moment?«

Sie waren zu dem Holzstapel gegangen, der gerade hoch genug aufgeschichtet worden war, um als Sitzgelegenheit zu dienen. Er erschauderte, als sie unerwartet nach seinen Händen griff, aber er schluckte seine Nervosität herunter und zwang sich, nicht vor ihrer Berührung zurückzuweichen. »Was gibt es, Mädchen?«

»Wie ich dir gerade gesagt habe, werde ich morgen achtzehn, und ich habe keine Lust, eine alte Jungfer zu werden.«

Hew konnte das Zucken seiner Hand nicht verhindern, als er erkannte, worauf sie mit ihren Worten hinauswollte. »Nein, Mädchen, ich glaube nicht, dass du das wirst. Es gibt viele Burschen, die dich gerne heiraten würden.«

»Aye, ich glaube auch nicht, dass ich eine alte Jungfer werde. Aber die meisten in meinem Alter sind bereits verheiratet. Deine Schwester ist zwar einige Jahre älter als ich, aber sie wurde mit siebzehn Jahren verheiratet. Und du hast recht, viele

Burschen wären bereit, mich zu heiraten, aber ich bin nicht sonderlich erpicht darauf.«

»Warum ist das so, Mädchen? Gibt es niemanden, der dich reizt?« Hew wünschte sich zu sehr, dass Mae so antworten würde, wie er es sich erhoffte, aber zu seiner ewigen Überraschung hatte sie es tatsächlich getan.

»Aye, es gibt einen, und ich werde nicht zulassen, dass er sich auch nur einen Moment länger so verhält, als würde er mich nicht genauso sehr mögen wie ich ihn.«

Sein Herz begann so schnell zu schlagen, dass er befürchtete, sie könne den schnellen Puls in seinen Fingerspitzen spüren. Obwohl es eine kalte Nacht war, perlte der Schweiß auf seiner Stirn. »Ist das so? Und wer ist dieser Knabe, von dem du sprichst?«

»Wenn du das nicht weißt, bist du genauso dumm, wie deine Schwester zu denken scheint.«

Sie hatte innegehalten und dann schnell zugegriffen, um ihn zu küssen. Er war zu verblüfft gewesen, um zu reagieren oder sie richtig zu küssen, bevor sie sich wieder zurückgezogen hatte. »Nein, Mädchen. Das kannst du nicht ernst meinen. Es ist ein anderer Bursche, den du meinst und du benutzt mich nur zum Üben, aye?«

Sie lachte, bevor sie ihn noch einmal küsste. Diesmal zog er sie fest an sich, während sie mit ihm verschmolz. Atemlos zog sie sich von ihm zurück, damit sie ihm ins Ohr flüstern konnte. »Nein, Hew, es gibt keinen anderen außer dir. Es hat nie einen anderen gegeben. Du wirst mich heiraten.«

Er lächelte gegen ihre Wange und ihre Zuversicht minderte seine Zurückhaltung. »Wenn du darauf bestehst, Mädchen.«

»Aye, das tue ich.«

»Und was wirst du mit mir machen, wenn wir verheiratet

sind?« Seine Hände fanden ihren Weg zu ihrem Haar, und er drückte sie an seine Brust, um sie in eine feste Umarmung zu ziehen.

»Wir werden in den Norden ziehen, ein Stück Land nur für uns beide finden und gemeinsam ein Haus bauen, in dem wir all unsere Tage gemeinsam verbringen werden.«

Sie heirateten innerhalb von zwei Wochen und taten genau das, was Mae sich gewünscht hatte: Sie zogen in den Norden und bauten ein Haus, abgeschieden vom Rest der Menschheit. Fünf Jahre vergingen in einem Schleier der Liebe, in denen sie jeden Moment an der Seite des anderen verbrachten.

Schließlich planten sie eine Reise, um ihre Familien im Conall-Territorium zu besuchen, aber sie brachen im Winter auf und unterwegs wurde Mae krank. Sie hatte tapfer gekämpft, aber die Krankheit war zu stark gewesen. Sie starb nur zwei Tage nach ihrer Ankunft. Er beschloss, sie in der Nähe zu begraben, dort, wo sie aufgewachsen war. Mit gebrochenem Herzen war er allein zu ihrem Haus im Norden zurückgekehrt.

Hew sattelte sein Pferd und schob die Erinnerungen an seine Vergangenheit beiseite, als er in den Sturm hinausritt. Es war schon viele Jahre her, dass Mae gestorben war und obwohl er ihre Abwesenheit immer spüren würde, war sein Herz nun so weit geheilt, wie es bei einem so schmerzhaften Verlust möglich war.

Er reiste weiterhin an ihrem Todestag zu ihrem Grab, um ihr die letzte Ehre zu erweisen, mit ihr zu sprechen und sich selbst daran zu erinnern, dass er einst nicht ganz so allein gewesen war.

KAPITEL 3

Conall Burg

Ich versuchte, so viel Lärm wie möglich zu machen, als ich die Treppe hinunter in die Küche der Burg ging, wo Mary sicher schon mit dem Abendessen beschäftigt war. Sie wusste sofort, dass ich kam.

»Adelle, du musst nicht immer so einen Lärm machen, wenn du dich bewegst. Komm her und hilf mir beim Anrichten des Essens.«

Ich wusste, dass ich mich nicht lauter bewegte als jeder andere hier, aber Mary suchte ständig nach etwas, womit sie mich aufziehen konnte, also tat ich ihr den Gefallen und war in ihrer Gegenwart absichtlich unausstehlich.

In vielerlei Hinsicht war Mary die wichtigste Bewohnerin der Burg. Sie arbeitete seit fast vierzig Jahren hier und jeder, vor allem Eoin und sein Bruder Arran, akzeptierten die Köchin und Hauptmagd als die wahre Chefin der Burg. Sie leitete sie wie die

Kapitänin eines Schiffes. Innerhalb dieser Mauern geschah nichts ohne ihr Wissen oder ihre Zustimmung.

Ich steckte meinen Kopf in die Küche und lächelte, als ich in das Regal griff, das gerade außerhalb ihrer Reichweite lag, um die Teller zu holen. Ich hielt es für das Beste, ihre Stimmung zu testen, bevor ich unmittelbar mit dem loslegte, was ich mit ihr besprechen wollte. »Wie geht es dir heute, Mary?«

Mary bedeutete mir, die Teller abzustellen, bevor sie antwortete. »Ach, mir geht's gut. Es ist ein schöner Tag. Ich genieße den Schnee, aber ich fühle mich ein wenig schuldig, weil ich ihn so liebe. Das bedeutet sicher mehr Arbeit für Kip in den Ställen, damit die Pferde warm gehalten werden.«

»Oh, du brauchst kein schlechtes Gewissen zu haben, weil du etwas genießt, Mary. Du weißt, dass Eoin und Arran alles tun werden, was nötig ist, damit Kip nicht mehr Arbeit in den Ställen hat, als er bewältigen kann. Ich habe eine wunderbare Idee, die wir alle zusammen umsetzen sollten, bevor der Schnee draußen zu gewaltige Ausmaße annimmt.«

»Und die wäre?«

»Ich denke, wir sollten alle rausgehen und einen Baum suchen, den wir für Weihnachten fällen können.« Ich blickte auf die Teller hinunter und beschäftigte meine Hände, während ich auf ihre Reaktion wartete. Vielleicht würde sie eher bereit sein, darüber zu diskutieren, wenn ich so tat, als wüsste ich nicht, was sie darüber dachte.

Ich blickte auf, als Mary sich abwandte, um das Brot zu holen, damit sie es in Stücke brechen konnte. »Nein, ich fürchte, das ist nicht möglich. Aber ein reizender Gedanke.«

Mary hatte in dem einen Jahr, das ich sie kannte, noch nie etwas, das ich gesagt hatte, als ›reizend‹ bezeichnet. Ich war mir nicht sicher, wie ich darauf reagieren sollte. »Hm ... Warum ist das nicht möglich?«

Sie ignorierte meinen kläglichen Versuch, ihren Akzent nachzuahmen. »Nun, Weihnachten wird in Schottland nicht mehr groß gefeiert und nachdem Elspeth gestorben ist, hat Alasdair nicht mehr so viel Freude an der Jahreszeit gefunden, wie er sie einst hatte. Die beiden Jungs sind nicht damit aufgewachsen, dass es ein großes Fest ist.«

»Hast du selbst keine Freude an Weihnachten, Mary?« Eoins und Arrans Vergangenheit mit Weihnachten schien irrelevant zu sein. Alasdair war seit über einem Jahr tot, und ich konnte mir nicht vorstellen, dass einer der beiden Männer ein Problem mit den Festtagen haben würde. Ihre Mutter war gestorben, als sie noch sehr jung gewesen waren. Während Weihnachten bei ihrem Vater vielleicht schmerzhafte Erinnerungen wachgerufen hatte, würde es bei keinem von ihnen die gleiche Wirkung haben.

Mary schüttelte den Kopf und wandte sich mir zu, um mir beim Servieren des Essens zu helfen. »Nein, Mädchen. Ich habe Weihnachten sehr genossen, als ich eine junge Maid war. Mein Bruder hat mir immer die schönsten Geschenke gemacht. Er war ein richtiger Handwerker.«

»Mary.« Ihre Worte überraschten mich. »Ich wusste nicht, dass du einen Bruder hast. Lebt ... lebt er noch?«

»Ja, Mädchen, er ist wohlauf, aber ich sehe ihn nicht mehr oft. Er wohnt weit weg von hier und ist ein bisschen schüchtern. Es fiel ihm schon immer schwer, mit anderen in Kontakt zu treten. Nur bestimmte Leute hatten die Fähigkeit, ihn aus der Reserve zu locken.«

Sie blickte zu Boden, als wäre sie von einer Erinnerung betrübt. Ich unterbrach ihre Gedanken, um zu versuchen, die

Stimmung zu heben. »Bist du sicher, dass er mit dir verwandt ist? Wie kann es sein, dass ein Geschwisterteil so schüchtern ist, während das andere nichts anderes tut, als zu reden?«

Mary belohnte mich mit einem kurzen Klaps auf den Arm, während sie kicherte und ihre Arbeit in der Küche wieder aufnahm. »Ja, das stimmt. Ich nehme an, er war schüchtern, weil ich ihm nie viel Gelegenheit zum Sprechen gegeben habe. Als er größer wurde, hat er sich einfach an sein eigenes Schweigen gewöhnt.«

Ich konnte nicht umhin, mich zu fragen, wie Marys Bruder war, wie ihre Familie aussah und wie sie als Kind gewesen sein mochte. Ich fühlte mich meiner lieben Freundin jetzt sehr nahe, aber ich wusste ehrlich gesagt sehr wenig über sie. Sie war immer zu sehr damit beschäftigt, sich um alle anderen zu kümmern, sodass ich befürchtete, dass wir alle die Frau hinter der Arbeit vergaßen. Ich schüttelte den Kopf und erinnerte mich an den eigentlichen Grund, aus dem ich mit ihr sprechen hatte wollen. »Du hast sehr geschickt das Thema gewechselt, Mary. Wenn du Weihnachten genießt, warum bist du dann dagegen, dass wir es feiern? Ich bin sicher, ihr habt ein paar wunderbare Traditionen, die ihr mit uns teilen könntet, und Bri und ich könnten euch auch unsere vorstellen.«

Mary versuchte, das Lächeln zu verbergen, das an ihren Mundwinkeln zerrte, aber ich konnte spüren, wie ihre Entschlossenheit nachließ.

»Ich will nicht sagen, dass es nicht angenehm wäre. Ich möchte die Jungs nur nicht aus der Fassung bringen, wenn es etwas ist, das Erinnerungen an ihre Eltern wachrufen könnte.«

Eine tiefe Stimme im Türrahmen ließ uns beide die Köpfe drehen. Ich lächelte, als Eoin und Bri in die Küche spähten. Eoins starke Hände ruhten sanft auf Bris Schultern, während sie ihren Hinterkopf liebevoll an seine Brust legte. »Das wird nicht passieren, Mary. Ma hat da Julfest zu einem Spektakel gemacht und obwohl Pa es versucht hat, war es nicht mehr dasselbe, nachdem sie gestorben war. Ich denke, es ist längst an der Zeit, dass wir den Feierlichkeiten wieder zu ihrem alten Glanz verhelfen.«

Mary ließ ihrem Lächeln nun freien Lauf, und ich konnte sehen, dass die Idee auch sie begeisterte.

»Wenn das so ist, mein lieber Junge, dann werde ich mich genauso freuen wie jeder andere. Ich möchte nur nicht, dass du oder Arran durcheinandergebracht werdet.«

Eoin bewegte sich durch den Raum und jeder Schritt betonte die Stärke seines Körpers. Sein Haar war noch dunkler als das von Bri und seine Augen hatten die Farbe von Obsidian. Mein Enkelkind würde wunderschön werden.

Er legte seinen Arm um Mary und drückte sie an sich, bevor er sich herunterbeugte, um sie auf die Wange zu küssen. »Aye, ich weiß. Du passt immer auf uns auf, und dafür liebe ich dich, Mary.«

Er ließ sie los und trat einen Schritt zurück, um uns beide zu betrachten. »Meinst du, dass ihr beide zusammenarbeiten könnt, um die Vorbereitungen zu treffen?«

Ich lächelte und wippte enthusiastisch mit dem Kopf auf und ab. »Natürlich können wir das.« Ich spürte, dass Mary sich einmischen wollte, wahrscheinlich um zu sagen, wie schwer es ihr fallen würde, mich zu ertragen, also ergriff ich schnell wieder das Wort, um ihr nicht die Gelegenheit dazu zu geben. »Haben wir die Erlaubnis, zu tun, was wir wollen?« Ich hatte bereits eine grandiose Idee, aber ich wollte sie niemandem gegenüber erwähnen, bevor ich Mary überzeugt hatte.

Eoin grinste und warf einen vorsichtigen Blick auf Bri. »Ich habe das Gefühl, als könnte ich das noch bereuen, aber aye, ich werde keiner von euch sagen, was sie tun soll. Es wäre falsch von mir, und es wäre sowieso eine zwecklose Anstrengung.«

»Ganz genau.« Ich legte einen Arm um Marys Schulter. Als Antwort blickte sie zu mir auf. »Macht euch keine Sorgen. Mary und ich werden dafür sorgen, dass dieses Weihnachten das prächtigste wird, das Conall Castle je gesehen hat.«

KAPITEL 4

»Du hast den Verstand verloren, wenn du auch nur einen Moment lang glaubst, dass ich so eine Dummheit machen und dir in diese gottverlassene Zeit folgen würde, aus der du kommst!«

Ich verschränkte die Arme und setzte mich auf die Stufen, die hinunter in den Keller und den Zauberraum der Burg führten, während ich mir Marys Tirade anhörte. Es war ausgeschlossen, dass ihre erste Reaktion auf irgendeine meiner Aussagen jemals positiv sein würde.

»Was ist so wichtig, dass du das Bedürfnis hättest, so etwas zu tun, Adelle? Ich wusste, dass du dumm bist, aber meine Güte, Mädchen, das ist eine schreckliche Idee. Was wäre, wenn wir nicht nach Hause zurückkehren könnten? Ich glaube nicht, dass ich es ertragen könnte, auch nur einen Tag dort zu verbringen.«

Schließlich mischte ich mich ein, um zu verhindern, dass ihr der Kopf explodieren würde. »Beruhige dich, Mary. Auf Mornas Zauber ist Verlass. Da wir jetzt wissen, dass sie in dem Gasthaus in der Nähe der Burg wohnt, werden wir direkt dorthin gehen, um bei ihr zu übernachten. Du musst nicht einmal mit mir nach

Edinburgh gehen, wenn du nicht willst. Würdest du Morna nicht gerne wiedersehen?«

Marys Gesicht wechselte viel zu schnell von rot zu weiß. Ich hatte Angst, dass ich sie gleich vom Boden aufklauben würde müssen. Sie streckte eine Hand in meine Richtung und ließ sie in Augenhöhe vor meinem Gesicht zittern. »Siehst du, was du mit mir anstellst? Du machst mich so unruhig, dass ich tagelang nicht aufhören werde zu zittern. Nein, ich will Morna nicht mehr sehen. Das Mädchen war eine gute Freundin, aber ich habe die letzten fünfundzwanzig Jahre damit verbracht, sie für tot zu halten. Dort sollten die Toten bleiben. Zur Ruhe gelegt und begraben.«

Atemlos ließ sie sich neben mich plumpsen. Ich streckte die Hand aus, um ihr auf den Rücken zu klopfen, zog sie aber schnell wieder zurück, als sie mir mit ihren grauen Augen Dolche entgegenschoss. »Sie war nie tot, Mary. Sie ist nur in eine andere Zeit weitergezogen, das ist alles. Ich bin mir sicher, dass sie sich freuen würde, dich zu sehen.«

»Nein, ich glaube nicht, dass sie sich wünscht, mich wiederzusehen. Wenn sie es wollte, könnte sie dann nicht einfach selbst herkommen und mich besuchen?«

Ich schüttelte den Kopf und bedauerte den Pfad, den unser Gespräch eingeschlagen hatte. Ich wusste nicht genug über Morna oder ihre Fähigkeiten, um so offen über sie zu sprechen. »Vergiss Morna. Komm nicht für sie mit. Komm einfach für mich mit. Du würdest doch sicher nicht wollen, dass ich allein dorthin reise?«

Ich hatte keine Bedenken, allein zu gehen. Ich hatte mein ganzes Leben größtenteils allein gelebt. Es wäre kein Problem für mich, die Reise in meine eigene Zeit ohne sie zu machen, aber es war verlockend, die festgefahrene, verklemmte Mary in der Gegenwart zu sehen. Diesen Genuss wollte ich mir nicht entgehen lassen. Es wäre das beste Weihnachtsgeschenk, das ich mir wünschen könnte.

»Es ist mir völlig egal, ob du allein gehst. Ich hoffe, dass du gehen und dort festsitzen wirst. Hast du denn immer noch nicht begriffen, dass du mir ohnehin nur auf die Nerven gehst?«

Ich rollte mit den Augen über ihre Stichelei. Ich verbrachte fast jeden Tag an ihrer Seite. Wenn sie meine Gesellschaft wirklich nicht mochte, hätte ich das bemerkt. Dafür kannte ich sie gut genug. Außerdem würde sie meine Anwesenheit dann nicht dulden. »Oh, sei still, Mary. Wenn du wirklich so viel Angst hast, mitzukommen, hättest du das nur sagen müssen. Ich hätte dich nicht weiter bedrängt. Es ist nicht gut für jemanden in deinem Alter, sich mit dem Stress einer solchen Angst zu belasten.« Ich zwinkerte ihr zu. Mary war in Wirklichkeit nur ein paar Jahre älter als ich.

Mary stand abrupt auf und stampfte mit dem Fuß auf wie ein kleines Kind. »Es ist nicht so, als hätte ich Angst. Es ist so, dass es töricht von dir ist, das zu tun.«

»Ich schlage dir einen Handel vor, Mary. Wenn du mitkommst, helfe ich dir für den nächsten Monat bei jeder Aufgabe deiner Wahl.«

Mary hasste es mehr als alles andere, die Bettbezüge zu wechseln. Ich konnte schon sehen, wie sie mit der Versuchung rang, während sie ihre Arbeit erledigte. Ihre Augen huschten hin und her und sie berechnete in ihrem Kopf, was genau sie daran hinderte, Ja zu sagen. Schließlich hörten ihre Augen auf, sich zu bewegen, und ich konnte erkennen, dass sie zu sprechen beabsichtigte. »Aye, gut, aber ich werde keine Hose tragen, die zwischen meinen Beinen nach oben rutscht. Ich werde die ganze Zeit in meinem Kleid bleiben, sonst werde ich nicht zustimmen, mit dir zu gehen.«

Ich lächelte. »Abgemacht. Du wirst lächerlich aussehen, aber das ist mir völlig egal, solange du mitkommst. Lass uns Bri Bescheid sagen und uns dann auf den Weg machen.«

Gegenwart

Bri hatte mich gewarnt, dass die Burg in der Gegenwart keine Ruine mehr war, wie ich sie einst gekannt hatte, sondern zu einem beliebten Besuchermagneten für Touristen geworden war. Dennoch hatte ich die Anzahl der Menschen unterschätzt, die sich dort aufhalten würden, sobald wir im einundzwanzigsten Jahrhundert angekommen waren.

Mary und ich hatten es unbemerkt aus dem abgesperrten Keller geschafft, aber die Blicke, die Marys Kleidung auf sich zog, als wir uns auf den Weg nach draußen machten, reichten aus, um einem achtbeinigen Pferd im Zoo Konkurrenz zu machen. Glücklicherweise war Mary so fasziniert von allem, was sie sah, dass sie die Finger, die auf uns gezeigt wurden, und die Blicke nicht bemerkte.

Draußen angekommen, traten wir den kilometerlangen Weg zum Gasthaus an. Zum ersten Mal ergriff Mary das Wort. »Entschuldige meine Ausdrucksweise, Adelle, aber heiliger Strohsack. Mein Kopf schmerzt fürchterlich. Ich wusste, dass es so sein würde, nachdem ich Bri und dich gesehen habe, aber dass es so wehtun würde, hätte ich nicht erwartet.«

Ich rümpfte schuldbewusst die Nase. »Ja, es tut mir leid.

Morna wird etwas haben, was wir nehmen können, da bin ich mir sicher. Was denkst du bis jetzt?«

»Na ja, ich bin überrascht, dass die Burg fast genauso aussieht wie früher, aber sie ist viel heller und merkwürdig beleuchtet.«

»Ja, Elektrizität ist erstaunlich. Alle Häuser und Gebäude haben sie.«

»Ach wirklich? Wenn wir diesen Weg hier so entlanggehen, sieht es gar nicht so anders aus.«

Sie hatte recht, abgesehen von der Schotterstraße, die zur Burg führte, war dieser Teil Schottlands noch sehr unberührt, was die Annehmlichkeiten der modernen Zeit anging. »Ja, wenn du dich nicht entscheidest, mit mir nach Edinburgh zu gehen, wirst du weniger schockiert sein, als du es sein könntest. In Mornas Haus wird es viele Dinge geben, die dich überraschen werden, aber nicht so wie in der Stadt.«

»Aye, nun, ich kann nicht sagen, dass ich das Abenteuer nicht genieße. Vielleicht schließe ich mich dir an, wenn du in die Stadt gehst.«

Wir gingen schweigend weiter, bis wir bei Jerry und Morna ankamen, und ich war nicht allzu überrascht, dass die beiden an der Haustür auf uns warteten.

»Ach, Mary! Ich kann es nicht glauben! Ich hätte mein Essen beinahe ausgespuckt, als mir meine Vision gestern Morgen gezeigt hat, dass ihr beiden auf dem Weg zu uns seid.«

Morna stürmte auf Mary zu, die vor Schreck erbleichte, als sie die geliebte Freundin erblickte, die sie für immer verloren geglaubt hatte. Sie zog die Köchin in eine feste Umarmung.

Jerry bahnte sich seinen Weg zu mir und schlang seine hauchdünnen Arme um meinen Hals. »Adelle, es ist schön, dich wiederzusehen, Mädchen.«

»Dich auch, Jerry. Morna hat uns also kommen sehen?«

Morna antwortete mir, während sie Mary auf uns zu führte, die Arme mit ihren verschränkt. »Aye, das habe ich, und ich war schon lange nicht mehr so erfreut über eine Vision. Es freut mich auch, zu wissen, dass unsere liebe Bri schwanger ist, nicht wahr?«

»Ja, und sie ist kurz davor, zu platzen. Nur noch ein paar Wochen und das Kind wird kommen. Ich kann es kaum erwarten.« Ich lächelte und beugte mich vor, um Morna zur Begrüßung zu umarmen.

Morna winkte uns ins Innere ihres Hauses, bevor sie weitersprach. »Da bin ich mir sicher, Mädchen. Ich habe etwas, das ich dir mit auf den Weg geben möchte. Es ist ein Kräutertrank, den ich gemischt habe. Er wird ihr bei den Wehen helfen.«

»Oh, vielen Dank. Ich war krank vor Sorge, wenn ich an die Qualen dachte, die sie durchmachen wird. Bei Bris Geburt dachte ich, ich würde sterben, und ich habe mich mit allen möglichen Medikamenten vollpumpen lassen, die sie hatten.«

Morna lachte. Als wir uns auf den Weg ins Wohnzimmer machten und Marys Augen sich bei jedem seltsamen Gegenstand weiteten, deutete Morna auf eine Kiste in der Ecke, und sofort stiegen mir Tränen in die Augen.

»Ich habe auch noch etwas anderes für dich herausgeholt, Mädchen.«

Ich musste mich zurückhalten, um nicht auf die große Kiste mit den verschiedenen Weihnachtsdekorationen zuzulaufen, von denen jedes eine besondere Erinnerung an die Weihnachtsfeste darstellte, die Bri und ich zusammen verbracht hatten, als sie noch klein gewesen war. Jedes Jahr war unsere Sammlung gewachsen, und jedes neue Ornament war eine neue, wertvolle Erinnerung. »Morna!« Ich hatte keine Ahnung, wie ich meine Dankbarkeit ausdrücken sollte.

»Das ist es, was du wirklich wolltest, nicht wahr?«

Ich nickte ungläubig. »Ja, aber ich hätte nie gedacht, dass ich es tatsächlich schaffen würde, es zu organisieren. Ich hatte nur vor, nach Edinburgh zu fahren und neue Christbaumkugeln zu kaufen. Das alles war in den Vereinigten Staaten, in Bris alter Wohnung. Wie hast du ... Wie hast du das gemacht?«

Sie lachte herzlich. »Habe ich es nicht gerade erst möglich gemacht, dass ihr beide aus der entfernten Vergangenheit hierher kommen konntet? Verglichen damit, war es eine einfache Aufgabe, die hier zu uns zu befördern. Schau in die andere Kiste, ich habe auch noch ein paar andere Dinge hineingelegt, von denen ich dachte, dass sie wertvoll für dich sein könnten.«

Meine Hände zitterten vor Aufregung, als ich den Deckel der anderen Kiste öffnete. Ich fand einen alten CD-Player, der mit großen Batterien betrieben werden konnte, jede Menge Ersatzbatterien und unsere gesamte Weihnachtsmusik-Sammlung. Bris Babydecke, gestrickt von meiner eigenen Mutter, polsterte die Weihnachtsartikel sanft aus. Bei ihrem Anblick flossen die Tränen in Strömen. »O mein Gott, Morna. Bist du auch eine Gedankenleserin?«

Jerry warf spielerisch ein: »Aye, das ist sie, und das ist verdammt nervig. Ich kann nicht einmal in Ruhe sauer auf sie sein, ohne dass sie es herausfindet und mich dazu bringt, ihr zu verzeihen.«

Morna lachte und lehnte sich sanft an ihren Mann. »Ich bin nicht besonders gut darin, aber du bist recht offen mit deinen Gedanken. Es war leicht, die Dinge vorauszusehen, die du dir von deiner Reise hierher am meisten gewünscht hast.«

Sie lag goldrichtig. Es gab nichts, was ich mir mehr gewünscht hatte. Alles, von dem ich gedacht hatte, dass ich es nicht wiederfinden würde, war hier. Von mir aus konnten wir uns sofort auf den Rückweg zur Burg machen. Doch als ich hinüberblickte und sah, wie Mary vergnügt mit dem fließenden Wasser in der Küche spielte, überlegte ich es mir anders. »Ich kann dir nicht genug danken, Morna. Jetzt gibt es keinen Grund mehr für mich, in die Stadt zu fahren, aber wäre es für dich in Ordnung, wenn wir heute Nacht hier bleiben und morgen früh abreisen würden?«

»Natürlich, Mädchen. Ich würde es nicht anders wollen. Ich freue mich darauf, mich von Mary auf den neuesten Stand bringen zu lassen, und ich kann es kaum erwarten, ihre Freudenschreie zu hören, wenn wir ihr eine heiße Dusche gönnen.«

KAPITEL 5

In der Nähe der Conall Burg – 1646

Der Wind peitschte ihm den eisigen Schnee ins Gesicht, und Hew konnte den Weg vor ihm kaum sehen. Seine Finger und seine Nase brannten von den Schmerzen des harschen Windes und der bitteren Kälte. Mit jedem Schritt vorwärts wurde sein Pferd langsamer.

Er hatte keine Lust, für die Nacht anzuhalten. Er war dem Ende seiner Reise so nahe, aber er wusste, dass sein vierbeiniger Begleiter nicht mehr viel weiter würde gehen können. Er stöhnte auf, als er an den Ort dachte, an dem er sich gezwungen sah, anzuhalten – die Conall Burg, der Wohnsitz seiner Schwester. Die Festung war so nah, dass er sie in der Ferne ausmachen konnte und ihre Erhabenheit war sogar durch den Sturm hindurch deutlich zu erkennen.

Hew wusste, dass es schon viel zu lange her war, dass er Mary besucht hatte, fast zehn Jahre, vielleicht sogar länger. Er vermisste sie, aber er wusste, dass sie seine Ankunft als Anlass zum Feiern betrachten würde. Der Gedanke an eine solche Aufmerksamkeit ließ ihn innerlich erschaudern.

Dennoch hatte er kaum eine andere Wahl. Er beugte sich nahe an Greggorys Ohr, um ihm aufmunternde Worte zuzuflüstern, während er das alte Pferd nach rechts trieb. »Nur noch ein kleines Stückchen weiter, Junge. Dort vorne gibt es einen schönen Stall und Decken, die dich warm halten werden. Es tut mir leid, dass ich dich bei einem solchen Sturm ausgeritten habe. Ich werde dafür sorgen, dass du heute Abend gut versorgt wirst, alter Freund.«

Flammen flackerten in den Ställen und Hew wusste schon, bevor er sich näherte, dass darin noch jemand an der Arbeit war. Wahrscheinlich waren sie dabei, die Pferde für die kommende Nacht vorzubereiten und dafür zu sorgen, dass sie bei dem kalten Wetter gut versorgt waren.

Er ritt direkt in die Ställe, ohne um Erlaubnis zu fragen. Er wusste genug über die Großzügigkeit der Conalls, um sich sicher zu sein, dass sie niemandem dem Zutritt verweigern würden, der in einer solchen Nacht Unterschlupf für sein Pferd suchte.

Hew stieg ab, bürstete den Schnee von Greggorys Haar und erschrak, als er die Stimme aus dem hinteren Teil des Stalls hörte. »Welcher Narr würde bei diesem Wetter reisen? Das ist nicht gut für das Pferd, Sir. Wie heißt Ihr?«

Hews Wangen erwärmten sich schlagartig. Einen Moment lang fürchtete er, kein Wort herausbringen zu können. Er hatte seit vielen Monden nicht mehr mit einem anderen Menschen gesprochen. Er schluckte, stählte sich und erhob mutig das Wort. »Der Name des Narren ist Hew. Ich entschuldige mich für die Störung, aber ich muss Euch um Erlaubnis bitten, mich und mein Pferd hier für die Nacht rasten zu lassen. Der arme Bursche wird nicht mehr viel weiter gehen können.«

Ein kräftiger junger Mann, genauso groß wie er, mit langem, struppigem, blondem Haar trat aus der Box und lächelte, als er auf ihn zukam. Er wusste, dass der Mann der jüngste der Conall-Brüder sein musste, Arran, aber der Junge war viel jünger gewesen, als Hew ihn das letzte Mal gesehen hatte.

»Aye, natürlich könnt Ihr das. Es wäre eine Schande, jemanden bei einem Sturm wie diesem fortzuschicken.«

Hew rieb weiter mit den Ärmeln seiner Jacke über das Haar seines Pferdes und tat sein Bestes, um das Tier zu trocknen. »Danke, Sir. Ich werde Euch morgen früh bei der Reinigung der Ställe helfen, als Bezahlung für Eure Freundlichkeit. Ihr seid Arran, nicht wahr?«

Arran griff nach einer Decke, die über die Tür von einem der Ställe drapiert war, und machte sich daran, ihm bei seinen Bemühungen zu helfen. »Nay, das wird nicht nötig sein. Aye, ich bin Arran. Sollte ich Euch kennen, Sir?«

Hew schüttelte den Kopf, während sie nebeneinander arbeiteten und das Tier wärmten und trockneten. »Nein, ich erwarte nicht, dass Ihr Euch an mich erinnert, aber ich glaube, Ihr kennt meine Schwester, Mary. Steht sie immer noch im Dienst Eurer Familie?«

Der kräftige Bursche neben ihm klopfte dem Pferd sanft auf den Hintern, bevor er einen etwas überraschten Blick in seine Richtung warf. »Nein, das könnt Ihr nicht ernst meinen? Ihr seid Marys Bruder? Nun, es ist mir ein Vergnügen, Euch kennenzulernen. Und ja, wir kennen Mary gut, aber ich würde nicht sagen, dass sie in unseren Diensten steht. Diese Burg gehört eher ihr als meinem Bruder.«

Hew lachte. Es schien, als hätte sich seine Schwester über die Jahre kaum verändert. »Aye, das klingt ganz nach ihr. Ich fürchte mich vor dem Aufhebens, das sie meiner Ankunft wegen machen wird, aber ich fühle, dass ich ihr meine Anwesenheit hier kundtun muss. Wo kann ich sie finden?«

Arran verlagerte sich unbehaglich von einem Bein auf das andere. Einen Moment lang befürchtete Hew, dass es seiner Schwester vielleicht nicht gut ging, doch der Bursche besann sich schnell wieder. »Nun, es scheint, als wäre sie selbst verreist, aber macht Euch keine Sorgen, wir wissen, dass sie in Sicherheit ist und sich nicht im Sturm befindet. Sie wird Euch erklären, wohin sie gegangen ist, sobald sie zurück ist.«

Hew verstand nicht, was der Bursche meinte, aber er war nicht enttäuscht, als er erfuhr, dass er sich ausruhen konnte, bevor er mit seiner Schwester wieder vereint wurde. »Ah, nun, ich bin mir sicher, dass sie mir gerne alles darüber erzählen wird. Früher hat sie sehr viel geredet. Ich kann mir nicht vorstellen, dass sich das geändert hat.«

Arran lachte und bedeutete ihm, sein Pferd in einen der leeren Ställe zu führen. »Nay, Sir, sie hat sich nicht verändert. Sie hat in der ganzen Zeit, in der ich sie kenne, viel geredet. Nun, lasst uns Euer Pferd unterbringen, damit Ihr mir nach drinnen folgen und Euer eigenes Zimmer beziehen könnt.«

Hew versteifte sich. Er würde sich nicht wohlfühlen, wenn er in der Burg übernachtete. Er gehörte dort nicht hin. Er würde lieber in den Ställen verweilen und die Pferde als einzige Gesellschaft haben. »Nein, ich werde hier bei den Pferden bleiben. Es wäre nicht angemessen für mich, Euch in die Burg zu begleiten.«

Arran bestand darauf. »Nein, das wäre sehr wohl angemessen. Ich werde Euch bei diesem Wetter nicht hier draußen bleiben lassen. Wenn Mary erfahren würde, dass ich das getan habe, würde sie mich eigenhändig umbringen, da bin ich mir sicher.«

Hew wollte nicht unhöflich zu seinem Gastgeber sein, aber er wusste, dass er darauf bestehen musste. Er würde in der Gegenwart so vieler Menschen kein Auge zutun. »Ich möchte Euch nicht zu nahe treten, aber ich kann nicht in der Burg übernachten. Wenn Ihr mir nicht erlaubt, hier draußen zu bleiben, fürchte ich, dass Greggory und ich uns auf den Weg machen und es mit dem Schnee aufnehmen müssen.«

Schuldgefühle erfüllten Hew bei dem schockierten Blick auf Arrans Gesicht. Wenn der Gedanke an Gesellschaft ihn nur nicht so lähmen würde.

»Nein, bitte geht nicht in diesen Sturm hinaus. Mary wäre es lieber, wenn ich Euch in den Ställen schlafen ließe, da bin ich mir sicher. Aber vielleicht kann ich Euch etwas Bequemeres bieten als den Stallboden.«

»Wahrlich, es ist kein Problem für mich, hier zu übernachten. Ich habe schon oft in schlimmeren Räumen geschlafen.«

Arran schüttelte den Kopf, während er Hews Pferd mit Decken drapierte. »Hört mir einfach zu, bevor ihr Nein sagt. Wir haben eine Hütte nicht weit von hier. Sie steht leer, niemand hält sich dort auf, und Ihr könnt dort schlafen, wenn Ihr wollt. Ihr könnt euch ein Feuer machen und es gibt ein richtiges Bett. Bitte, Sir, übernachtet wenigstens dort.«

Hew konnte nicht leugnen, wie angenehm ein warmes Feuer und ein weiches Bett sich anhörten. Solange es wirklich von der Burg getrennt war, wie der Bursche sagte, würde er dort für eine Nacht Ruhe finden. »Aye. Ich werde gerne in Eurer Hütte übernachten. Es tut mir leid, dass ich Euch lästig bin. Ich weiß Eure Gastfreundschaft zu schätzen.«

Arran klopfte ihm fest auf die Schulter. »Nein, Sir, es ist keine Last. Ich entschuldige mich dafür, dass ich das sage, aber Ihr seid ein ziemlich seltsamer Geselle, nicht wahr?«

Hew lachte über die Aufrichtigkeit in Arrans Worten, als der junge Conall ihm den Weg zu dem Häuschen zeigte. »Aye, das bin ich, wirklich sehr seltsam.«

KAPITEL 6

Die Rückkehr ins siebzehnte Jahrhundert war ein wenig knifflig, aber wir schafften es. Da wir zwei Kisten mit Habseligkeiten und das kostbare Fläschchen mitbrachten, von dem ich hoffte, dass es Bri Erleichterung bringen würde, wenn die Wehen einsetzten, waren wir gezwungen, auf dem Boden des Zauberraumes zu sitzen, während wir die Kisten auf unseren Schößen balancierten. Wir sangen die Worte zusammen und griffen über unsere Kisten, um uns die Hände zu reichen, kurz bevor der Zauber zu wirken begann.

Als wir zurückkamen, kümmerten wir uns kurz um unsere schmerzenden Köpfe und machten uns dann auf den Weg in die Küche, wo wir Bri und die ähnlich aussehende Blaire bei der Arbeit hören konnten.

»Wir sind wieder da! Was habt ihr zwei Mädchen vor?« Ich stellte die Kiste, die ich trug, direkt hinter der Tür ab und ging zu den beiden Mädchen hinüber, um sie kurz zu umarmen, wobei ich noch eine Sekunde länger verweilte, um meine Hände gegen Bris Bauch zu drücken. Ich wollte sehen, ob mein

Enkelkind mir einen kurzen Tritt verpassen würde. Im Moment schien es so, als schliefe der Säugling tief und fest.

»Ich versuche zu kochen, aber es läuft nicht so gut. Eoin und Arran werden begeistert sein, dass du zu Hause bist, Mary. Sie sind davon überzeugt, dass sie verhungern werden, wenn sie noch einen Tag von uns bekocht werden müssen.«

Bri zwinkerte Mary zu und wippte dann mit dem Kopf in Richtung der Kiste. »Was habt ihr mitgebracht?«

Ich ergriff ihre Hand und zog sie ängstlich zu mir herüber, damit ich all die kostbaren Gegenstände enthüllen konnte, mit denen wir zurückgekehrt waren. »Morna wusste, was ich haben wollte. Sie hat unsere Dekokiste besorgt. Ist das nicht wunderbar?«

Bri ging augenblicklich auf die Knie und ihr Bauch kam ihr in die Quere, aber ich wusste, dass nichts sie davon abhalten würde, die Kisten zu durchwühlen. Jeder Gegenstand war für sie genauso besonders wie für mich. »O Mom! Das ist doch nicht dein Ernst! Das ist unglaublich, wirklich.«

»Ja, das ist es, Liebes. Sie hat auch noch ein paar andere Gegenstände für uns gesammelt, aber ich werde bis später warten, um sie dir zu zeigen. Es soll einfach eine Überraschung für alle sein.« Ich legte ihr die Hand auf die Schulter und ging neben ihr in die Hocke, während wir jede kleine Erinnerung aus der Schachtel hoben.

Blaire ging quer durch den Raum und gesellte sich zu uns. »Der Sturm hat sich ein wenig gelegt. Man kann sich immer noch nicht allzu weit von der Burg entfernen, aber im Moment fällt nicht mehr viel Schnee. Vielleicht sollten wir alle zusammen rausgehen und einen Baum suchen, den wir für die Dekoration fällen können.«

Bri erhob sich mit mehr Tatendrang, als ich sie in den letzten zwei Monaten hatte aufbringen sehen. »Ja, das ist eine großartige Idee. Ich werde Eoin holen. Blaire, du suchst Arran. Mom und Mary, ihr holt Kip und trefft uns draußen. Jetzt gleich!«

Sie huschte schnell los und Blaire folgte ihr. Mary und ich lachten gemeinsam und verließen die Küche, um uns für unseren Ausflug vorzubereiten.

Die beiden Mädchen hatten offenbar schon beschlossen, dass wir heute auf Baumjagd gehen würden, obwohl wir gerade erst von Morna zurückgekommen waren. Das Versammeln aller Beteiligten verlief viel zu reibungslos, als hätten sie alle mit Spannung auf unsere Heimkehr gewartet. Endlich machte sich die Vorfreude auf Weihnachten in unserer fröhlichen kleinen Gemeinschaft breit.

Der Schnee war wunderschön und bedeckte jeden Zentimeter des Burggeländes. Mehr als einmal wünschte ich mir, dass ich Morna gebeten hätte, uns auch ein Paar feste Schneestiefel zu besorgen, aber wir hatten alle so viel Spaß, dass keiner von uns an unsere eiskalten Zehen dachte.

Es dauerte eine Weile, bis wir einen Baum fanden, auf den sich alle einigen konnten. Viele, die die perfekte Form hatten, erwiesen sich als viel zu groß. Einige, die die perfekte Größe hatten, hatten nicht die richtige Form. Schließlich stand der perfekte Baum vor uns. Während Eoin, Arran und Marys Mann Kip daran arbeiteten, ihn zu fällen, standen wir Frauen alle zusammengekauert da und sahen zu.

Die Landschaft war still, bis auf das Knacken des Holzes, als die Männer abwechselnd die Axt in den Stamm schlugen. Einen Moment lang dachte ich, ich hätte mir das leise Wimmern, das von irgendwo hinter mir kam, eingebildet, aber als ich lauschte, war ich mir sicher, dass es keine Einbildung gewesen war.

Ein Tier, da war ich mir sicher, und noch dazu ein junges, machte dieses Geräusch. Ich konnte nicht einschätzen, um was für eine Kreatur es sich handeln könnte. Mein Herz zog sich zusammen, wenn ich mir vorstellte, dass etwas so Kleines und Hilfloses hier draußen im Schnee gefangen sein könnte.

Aus Angst, dass zu viele Menschen es in Angst versetzen würden, schlich ich mich langsam von der Gruppe weg und machte mich auf die Suche nach dem leisen Winseln.

———

Hew trat vor die kleine Hütte und blickte stirnrunzelnd auf die schneebedeckte Landschaft hinaus. Er hatte gehofft, dass er heute in der Lage sein würde, abzureisen, aber es war unmöglich. Auch wenn kein Schnee mehr fiel, fürchtete er, dass sich sein Pferd ein Bein brechen könnte, wenn er es zwang, durch so tiefen Schnee zu stapfen.

Er warf die Arme in die Luft, streckte sich und stöhnte seinen Frust heraus. Als Antwort auf das Geräusch, das er aus seiner Kehle stieß, winselte etwas nicht weit von ihm entfernt. Mitleid zwang ihn dazu, sich auf die Suche nach der Kreatur zu machen.

Er drehte sich um und hüllte sich in dicke Decken. Die Kälte von seinem gestrigen Ritt saß ihm noch tief in seinen Knochen. Grunzend machte er sich auf den Weg in die Richtung, aus der das Geräuschgekommen war. Er war nur ein paar Bäume von der Hütte entfernt, bevor er das dunkle, wimmernde Fellknäuel am Fuße des Baumes entdeckte.

Hew bückte sich und hob den Welpen sanft auf, während er unkontrolliert in seinen großen Händen zitterte. Er wickelte das kleine Tier in seine Felle ein und rieb seine Hände über dem kleinen Wesen hin und her, um es zu wärmen. Es war ein Wunder, dass die Kreatur noch lebte, denn sie musste die letzte Nacht draußen im Sturm verbracht haben.

Er drückte das kleine Wesen fest an seine Brust und wartete darauf, dass es aufhörte zu zittern. Als er spürte, wie seine warme Zunge an der Innenseite seiner Finger zu lecken begann, wusste er, dass dem Welpen nur kalt war und er keine Verletzung hatte. Er deckte das Tier auf und lächelte, als er seine niedlichen Gesichtszüge in sich aufnahm.

Hew hob ihn hoch, um das Geschlecht zu überprüfen und als er feststellte, dass es sich um einen Rüden handelte, wog er ihn wieder in seiner Hand. Der Hund war flauschig mit dichtem Fell, das ihn viel größer aussehen ließ, als er war. Seine dunkle Mähne bedeckte seinen Rücken, aber eine schöne Mischung aus grauen, braunen und schwarzen Flecken zierte seine Brust und Pfoten. Warme braune Augen strahlten Liebenswürdigkeit aus. Kleine Flecken hellbraunen Fells ragten über seinen Augen und auf seinem schwarzen Kopf hervor, sodass es aussah, als hätte er Augenbrauen.

»Du bist aber ein hübscher Welpe, nicht wahr?« Er zog die Kreatur noch einmal dicht an sich heran und griff nach unten, um die eisigen Schneeklumpen zwischen den Pfoten des Welpen abzustreifen. Er verstummte, als ein weiteres kleines Winseln seine Aufmerksamkeit erregte. »Ach, wie es scheint, hast du noch einen kleinen Freund in der Nähe. Lass uns gemeinsam auf die Suche nach ihm gehen.«

Es hatte nicht lange gedauert, bis ich die Quelle des Geräusches gefunden hatte. Wäre da nicht das schwache Bellen gewesen, das die Kreatur ausstieß, als ich mich ihr näherte, wäre ich wahrscheinlich direkt auf sie getreten, denn das weiße Fell passte zum Schnee.

Der Welpe lag versteckt da. Nur seine schwarze Nase und sein Maul ragten aus der Schneedecke heraus, ganz in der Nähe des kleinen Häuschens der Conalls. Ich keuchte, als ich ihn sah und griff schnell nach unten, um ihn aus seinem eisigen Nest zu holen, während ich den Schnee mit meinen bloßen Händen von ihm abbürstete. »Oh, du armes Ding!«

Die Kreatur antwortete mit einem weiteren kleinen Bellen. Sobald sie vom Schnee befreit war, hob ich sie hoch und begutachtete das Fell. Es war glatt, aber voll und wunderschön. Die Art von Hund, bei der ich mir sicher war, dass sie einiges an Haar verlor. Weißes Fell bedeckte den Großteil seines Körpers, aber sein Hinterteil war schwarz. Mit Ausnahme der weißen Schnauze waren auch beide Seiten seines Gesichts und beide Ohren schwarz.

Ich hatte erwartet, dass sich die Kreatur in meinem Griff winden würde, aber sobald er warm wurde, sackte er zusammen und entspannte sich völlig, wobei seine kleinen Beine auf beiden Seiten meines Armes baumelten. Ich grinste, als ich ihn an mich zog. Ich hoffte sehr, dass Eoin nichts dagegen haben würde, einen Hund in der Burg aufzunehmen, denn der Welpe würde so oder so mit mir kommen.

Eine Stimme hinter mir ließ mich aufschrecken und mein Arm zuckte, sodass der Welpe wieder lebendig wurde und unzufrieden aufjaulte.

»Ah, ich wusste doch, dass ich noch eine gehört habe. Scheint so, als wären unsere beiden kleinen Freunde Brüder, was?«

Ich drehte mich um und stand dem attraktivsten Mann gegenüber, den ich je gesehen hatte.

KAPITEL 7

»Oje, hast du mich erschreckt. Hallo.« Ich hob meine Knie hoch, als ich näher an ihn herantrat. Mir entging der seltsame Ausdruck nicht, der über sein Gesicht huschte, als er hörte, wie ich sprach. Das wunderte jeden in dieser Zeit.

»Hallo auch an dich, Mädchen. Ich entschuldige mich, dass ich dich erschreckt habe. Das war nicht meine Absicht. Ich habe diesen kleinen Rüden gehört, nicht weit von dem, den du in deinen Händen hältst. Da ich noch ein Winseln vernommen habe, wusste ich, dass noch einer in der Nähe sein musste.« Er deutete auf das schwarze, wuschelige Knäuel in seinen Händen. Der Welpe, den er in der Hand hielt, war weit weniger zufrieden damit, im Arm gehalten zu werden, als der, der wie Brokkoli in meinen Armen lag.

Ich stand nun dicht bei dem Mann und streckte meine Hand aus, um den zappelnden Welpen, den er hielt, zu berühren. Das Fell des Hundes fühlte sich weich an, wie das Haar eines Babys. Als ich ihn streichelte, streckte der Mann seine Hand aus, um den Welpen zu streicheln, den ich hielt.

»Sie sind beide ziemlich hübsche Kerlchen, nicht wahr?«

Ich nickte, als wir beide unsere Hände wegzogen. »Ja, wunderschöne Hunde. Sieh dir die Markierungen über ihren Augen an. Sie sehen ganz unterschiedlich aus, aber sie müssen aus demselben Wurf sein.«

»Aye, Mädchen, ich glaube, du hast recht. Sie sind gleich groß und gleich alt. Verzeihung. Meine Manieren entsprechen nicht dem üblichen Niveau. Mein Name ist Hew. Mit wem habe ich das Vergnügen?«

Ich streckte die Hand aus, um seine zu schütteln. Mein Magen flatterte, als er nach meinen Fingerspitzen griff und sie kurz mit seinen Lippen berührte. Ich war viel zu alt, um eine solche Reaktion auf einen Mann zu haben, aber Gott, er war ein schönes Exemplar. »Ähm ...« Ich zögerte und errötete, völlig untypisch für mein sonst so selbstbewusstes, übermäßig kokettes Auftreten. »Ähm ... Adelle. Mein Name ist Adelle.«

Ich vermutete, dass er nur ein paar Jahre älter als ich war, wenn nicht sogar gleich alt. Dicke, dunkle Locken bedeckten seinen Kopf und waren nur leicht graumeliert. Er trug sie kurz geschnitten, anders als viele Männer in dieser Zeit, die ihre Haare länger trugen. Ich zog diesen Look vor. Ich verstand den Reiz nicht, mit einem Mann zusammen zu sein, der mehr Haare auf seinem Kopf hatte als ich.

Er war groß, mit breiten Schultern, und jeder Zentimeter von ihm war bedeckt, aber ich hatte das Gefühl, er wäre nicht weich wie viele Männer in unserem Alter. Er arbeitete hart. Es war am Farbton seiner Haut und den leichten Falten auf seiner Stirn zu erkennen. Der leichte Ansatz eines Bartes unterstrich die Männlichkeit, die er ausstrahlte.

So unbeholfen, wie er dastand, nachdem ich ihm meinen Namen gesagt hatte, war er wohl schüchtern. Jetzt, wo wir uns gegenseitig vorgestellt hatten, schien er unsicher zu sein, wie er das Gespräch fortsetzen sollte.

Ich musste den Kopf schütteln, um mich zu sammeln, und riss meinen Blick von den tiefgrünen Abgründen seiner Augen los. »Ähm ... bist du aus der Gegend? Wohnst du hier im Dorf?«

Er neigte den Kopf, um seinen Welpen zu betrachten, der endlich nicht mehr zappelte und nun in seinen Armen schlief. »Nay, Mädchen. Ich wohne nicht hier in der Nähe. Ich bin auf dem Weg woanders hin, musste aber wegen des Sturms hier übernachten. Ich verweile in dieser Hütte hier.« Er deutete hinter sich. »Die Conalls waren so freundlich, mir Zuflucht vor dem Schnee zu gewähren. Meine Schwester lebt bei ihnen und arbeitet auf der Burg.«

Außer mir gab es nur eine Frau, die für die Conalls arbeitete und tatsächlich auf der Burg lebte, aber es war unmöglich, dass der Gott, der vor mir stand, der Bruder sein konnte, von dem Mary gesprochen hatte. »Du sprichst doch nicht etwa von Mary, oder doch? Deine Schwester ist sicher jemand anderes, richtig?«

Hews Augen funkelten in einem leuchtenden Grün und ließen meinen Magen erneut flattern. »Aye, Mädchen, es ist Mary, von der ich spreche. Kennst du sie denn?«

Fassungslos betrachtete ich Marys Bruder, den ich mir aufgrund ihres Aussehens als einen kleinen, runden Mann mit Glatze vorgestellt hatte, der ziemlich laut sprach. Dieser Mann war nichts von alldem. Seine Stimme war tief, aber er sprach leise und sagte nicht mehr, als das Gespräch erforderte. »Ja, ich kenne Mary recht gut. Sie ist hier gleich um die Ecke, zusammen mit allen anderen aus der Burg. Wir haben einen Baum für Weihnachten gefällt. Weiß sie, dass du hier bist? Mary und ich waren gestern fort, wir sind erst heute Morgen zurückgekommen.«

Er schüttelte den Kopf. »Ich weiß nicht, ob sie schon von meiner Anwesenheit weiß, aber ich denke, es ist an der Zeit, dass sie es erfährt. Wirst du mir den Weg dorthin zeigen?«

»Natürlich.« Ich drehte mich um und winkte, damit er mir folgen würde. Ich fühlte mich verunsichert, als ich ihm meinen Rücken zuwandte. Mit jedem Schritt verdammte ich mich dafür, dass ich mein Haar zu einem hässlichen Dutt hochgesteckt hatte, bevor wir in den Schnee hinausgewandert waren.

Die Gruppe sah mich zuerst, und Mary nahm mich sofort in die Mangel, weil ich mich von der Gruppe entfernt hatte. »Adelle, was ist los mit dir? Warum bist du weggelaufen, ohne uns zu sagen, wo du hingehst? Du hättest erfrieren können ...«

Sie hielt inne, als sie ihren Bruder erblickte und bewegte ihre kurzen, stummeligen Beine schneller, als ich es je für möglich gehalten hätte, um sich durch den Schnee zu stürzen und sich in seine Arme zu werfen.

Hew stieß einen Lufthauch aus, als sie sich an ihn drückte und schob sie dann so sanft wie möglich weg. »Sei vorsichtig, Mary. Du wirst den kleinen Welpen, den ich in meinen Armen halte, zerquetschen.«

Mary warf einen kurzen Blick auf den schlafenden Hund, ließ sich aber von dem niedlichen Bündel nicht aus der Ruhe bringen. Bri und Blaire hingegen gingen sofort los, um uns die Welpen aus den Armen zu reißen.

»Was machst du hier, Hew? Ich habe dich schon seit Jahren nicht mehr gesehen. Gott, siehst du gut aus, Bruder!« Als Hew den Welpen los war, warf Mary wieder ihre Arme um ihn.

»Ich war auf dem Weg zu Maes Grab, aber der Sturm hat

mich dazu bewogen, hier Zuflucht zu suchen. Ich bin erst gestern Abend angekommen.«

Die Traurigkeit, die ich schon einmal bei Mary gesehen hatte, zeichnete sich kurz auf ihrem Gesicht ab, und ich fragte mich, wer Mae war. Der Schmerz zeigte sich nur für einen Moment, bevor Mary von ihrem Bruder wegwirbelte, um sich der Gruppe zuzuwenden, die uns neugierig beobachtete.

»Aha, und wer von euch wusste, dass er hier ist, und hat es mir nicht gleich gesagt, als ich heute Morgen mit Adelle ankam?«

Bri, Blaire, Eoin und Kip blickten sich allesamt verständnislos an, während Arran verlegen zu Boden schaute. Schließlich ergriff er das Wort. »Das war ich, Mary. Ich entschuldige mich. Ich bin ein Narr. Ich war so gefesselt von der Begeisterung der Mädchen über die Suche nach einem Baum, dass ich vergessen habe, es dir zu sagen.«

Einen Moment lang dachte ich, sie würde durch den Schnee marschieren und ihm eine Ohrfeige verpassen, aber ihre Freude darüber, ihren Bruder zu sehen, schien ihre Verärgerung darüber, dass sie erst jetzt von seiner Anwesenheit erfahren hatte, zu überwiegen.

»Schande über dich, Arran, aber das ist jetzt egal. Warum geht der Rest von euch nicht mit dem Baum zurück zur Burg? Ich werde mich euch in Kürze anschließen, nachdem ich mit meinem Bruder gesprochen habe, aye?«

Eoin meldete sich zu Wort, während er uns alle zurück zur Burg geleitete. »Aye, Mary. Verbringt so viel Zeit, wie ihr wollt. Ich nehme an, wir werden nicht verhungern, wenn wir einen weiteren Abend von Bri und Blaire bekocht werden. Dein Bruder ist herzlich eingeladen, mit uns zu speisen, aber wenn ihr etwas Zeit allein verbringen wollt, kann ich euch später Essen bringen.«

Ich war überrascht, als Hew augenblicklich auf Eoin reagierte. »Ich wäre Euch sehr verbunden, wenn Ihr uns erlauben würdet, in der Hütte zu speisen. Ich werde mich in irgendeiner Weise für Eure Freundlichkeit revanchieren.«

Er hatte offensichtlich keine Lust, mit allen zu speisen. Nicht, dass ich es ihm verübeln könnte. Wir waren ihm zu viel. Trotzdem kam mir seine schnelle Ablehnung ein wenig seltsam vor. Er ging hinüber zu Blaire, die seinen neuen Welpen in der Hand hielt. Nachdem sie ihn ihm entgegengestreckt hatte, drehten er und Mary sich um und machten sich auf den Weg zurück zur Hütte.

Als wir die kurze Strecke zurück zum Schloss gingen, drückten sich sowohl Bri als auch Blaire eng an meine Seite, während ich meinen Welpen auf meinen Handflächen balancierte. Die Mädchen lehnten sich eng aneinander, sodass sie sich gegenseitig flüstern hören konnten.

»Mom, hättest du jemals erwartet, dass Marys Bruder so aussehen würde?« Bri stupste mich spielerisch in die Seite.

Ich lächelte und schüttelte lachend den Kopf. Ich lehnte mich zu ihr und stupste sie zurück. »Nein, nicht in einer Million Jahren hätte ich das erwartet.«

»Du fandest ihn doch hübsch, oder nicht, Adelle?«, sagte Blaire als Nächstes, ihre Stimme war genauso leise und aufgeregt wie die von Bri.

»O ja, sehr sogar. Er ist ziemlich auffällig. Warum fragst

du?« Er war doch sicher verheiratet. Das waren alle guten Männer.

»Nach allem, was Eoin und Arran uns erzählt haben, ist er so etwas wie ein Einsiedler. Seine Frau ist vor Jahrzehnten gestorben und er lebt ganz allein, weit weg von allen anderen. Er scheint mir ein bisschen verrückt zu sein, aber Eoin glaubt, dass er einfach nur schüchtern ist. Wie auch immer, spielt es eine Rolle, ob er verrückt ist, wenn er so gut aussieht?«

Ich lachte laut auf und erntete fragende Blicke von den drei Männern, die vor uns gingen. Bri glaubte gerne, dass sie das Gegenteil von mir war, aber sie war mehr wie ihre Mutter, als sie zugeben wollte. »Na ja, ein bisschen schon, aber ich glaube nicht, dass er verrückt ist.« Wir näherten uns der Burg. »Lass uns jetzt nicht weiter tratschen, sonst werden mir die Jungs das Leben schwer machen. Ich werde etwas zu essen für den Kleinen besorgen.«

Drinnen angekommen, zerstreuten sich die Mädchen, und ich trug den schlafenden Welpen in die Küche, während ich darüber nachdachte, was ich gerade über unseren neuen Besucher erfahren hatte. Er war also unverheiratet.

Und ich war nicht unzufrieden über diese Feststellung.

KAPITEL 8

Am nächsten Tag war die ganze Conall Burg in Aufruhr. Es war der Tag der Weihnachtsdekoration und durch den Besuch ihres Bruders stieg Marys Laune so sehr an, wie ich sie noch nie erlebt hatte. Das führte dazu, dass auch alle anderen auf der Burg fröhlicher Stimmung waren.

Ich hatte nicht erwartet, dass wir den Baum im Haupteingang der Burg aufstellen würden. Ich machte mir Sorgen, dass der moderne Baumbehang, mit dem wir den Baum schmücken wollten, den Verdacht der anderen Burgangestellten erregen könnte. Ich hätte nicht überraschter sein können, als ich mich am Morgen auf den Weg nach unten machte, um festzustellen, dass Eoin, Arran und Kip den Baum dort aufgestellt hatten.

»Meint ihr nicht, dass es das Beste wäre, wenn wir den Baum im Keller aufstellen würden? Sonst kann ich den Baumschmuck doch nicht aufhängen, oder doch?«

»Doch, das kannst du. Es steht dir frei, alles, was du willst, an den Baum zu hängen. Ich möchte nicht, dass wir unsere Feierlichkeiten verstecken. Alle, die auf der Burg arbeiten,

wissen von Mornas Vermächtnis und ihren Zaubersprüchen.«
Eoin kam auf mich zu und beugte sich vor, um mir einen
schnellen Kuss auf die Wange zu geben. »Guten Morgen,
Adelle.«

Ich lächelte, so sehr freute ich mich, dass meine Tochter
einen so wunderbaren Mann gefunden hatte. »O toll, das ist
wundervoll. Er wird in der Ecke neben dem großen Kamin
wunderschön aussehen.«

»Ja, das wird er. Sieh mal.« Eoin zeigte auf die Treppe hinter
mir. »Da kommen die anderen Mädchen. Lasst uns essen, und
dann beginnen wir mit dem Schmücken.«

———

Beim Frühstück fiel mir wieder einmal Hews Abwesenheit am
Tisch auf. Ich war mir ziemlich sicher, dass er noch nicht
abgereist war. Der Schnee war immer noch nicht genug
geschmolzen, um zu reisen, und in der Hütte gab es kaum eine
Möglichkeit für ihn, an Essen heranzukommen, ohne dass es
ihm jemand brachte. Ich verstand nicht, warum er sich so sehr
dagegen sträubte, sich uns auf der Burg anzuschließen. Ich
beugte mich zu Mary hinüber, um sie danach zu fragen.
»Warum will dein Bruder nicht hier mit uns essen? Er weiß
doch, dass er willkommen ist, oder nicht?«

Mary zog einen Mundwinkel zur Seite, bevor sie einen
traurigen Blick in meine Richtung warf. »Aye, das weiß er, aber
er besteht darauf, allein zu sein.«

»Warum ist das so?« Ich blickte auf mein Essen hinunter,
damit mein Interesse nicht zu übereifrig wirkte.

»Er ist sehr schüchtern. Er hat so viel Zeit allein verbracht, dass er nicht mehr weiß, wie er sich in der Gesellschaft anderer Menschen verhalten soll.«

Das schien mir ein schwer fassbares Konzept für mich zu sein. Ich genoss es, jede Sekunde in der Gesellschaft anderer zu verbringen. Es war nicht gesund, so einsam zu leben. Es war eine Sache, wenn eine Person freiwillig Zeit allein verbrachte, aber eine andere, wenn sie aufgrund von Schüchternheit daran gehindert wurde, sich anderen anzuschließen. »Nun, der einzige Weg, weniger schüchtern zu sein, ist zu üben. Wirst du ihn heute Morgen sehen?«

Mary nickte. »Aye, ich werde ihm etwas zu essen bringen, sobald wir hier fertig sind, bevor wir mit dem Dekorieren beginnen.«

»Bitte ihn, sich uns anzuschließen und bei der Dekoration zu helfen. Es wird ein großer Spaß werden. Bestehe darauf, Mary. Du kannst sehr überzeugend sein.«

Mary gluckste, schüttelte aber den Kopf. »Das mag bei vielen Leuten so sein, Adelle, aber nicht bei meinem Bruder. Ich kann so lange darauf bestehen, wie ich will, und es wird ihn nicht dazu bringen, etwas zu tun, was er nicht will.«

Ich runzelte die Stirn. Mir gefiel der Gedanke nicht, dass Hew ganz allein in der Hütte war, während der Rest von uns einen fröhlichen Tag mit Dekorieren verbrachte. »Nun, wirst du ihn wenigstens fragen?«

Mary stand auf und bereitete einen Teller vor, um ihn zu ihrem Bruder zu bringen. »Aye, Mädchen. Ich werde ihn fragen.«

Vielleicht hatte er sich gegenüber seiner Schwester zu sehr zurückgehalten. Es war nicht unangemessen von ihr, dass sie sich wünschte, er würde etwas Zeit mit ihr verbringen, indem er an den Festlichkeiten teilnahm. Er würde sich später Zeit nehmen, sie zu sehen, wenn sie allein war, aber seine Schüchternheit hätte der Stimmung der anderen nur einen Dämpfer versetzt.

Hew wusste nicht mehr, wie er sich vor irgendjemandem benehmen sollte, geschweige denn vor einer ganzen Familie von Menschen, die sich offensichtlich sehr nahestanden. Er hatte es gut überstanden, als er Adelle an jenem Tag getroffen hatte, an dem er den Welpen schlafend zu seinen Füßen gefunden hatte, aber das war ein ungewöhnliches Ereignis gewesen. Er würde sich sicher bemühen, noch ein wenig mehr Zeit mit seiner Schwester zu verbringen, bevor er abreiste.

Er griff nach unten, um den schlafenden Welpen zu streicheln und dachte an die seltsamste Sache, die seine Schwester ihm erzählt hatte. Sie hatte mehr als einmal gesagt, dass Adelle darauf bestanden hatte, dass er zur Burg kam und ihnen bei der Dekoration half. Warum sollte die Frau so etwas wünschen?

Sie musste Mitleid mit ihm haben. Jede andere Möglichkeit erschien ihm zu unrealistisch. Es hatte in seinem ganzen Leben nur eine Frau gegeben, die ihn begehrt hatte. Es ergäbe keinen Sinn, wenn sich jetzt eine weitere dazu entschließen würde, dies zu tun.

Oder doch?

KAPITEL 9

Ich wartete, bis alle Männer angefangen hatten, den Baum zu beschneiden und in die perfekte Form zu bringen, bevor ich mich davonschlich, um die Überraschung zu holen, die ich für alle auf Lager hatte.

Marys Reise zu ihrem Bruder war schnell verlaufen. Als sie ohne Hew wieder zurückgekehrt war, war mir bewusst geworden, dass er ihre Einladung, sich uns anzuschließen, abgelehnt hatte. Ich konnte nichts gegen das leichte Ziehen in meiner Brust tun, aber ich tat mein Bestes, um es zu verdrängen. Ich kannte den Mann schließlich kaum. Was kümmerte es mich, wenn er sich dafür entschied, so ein Langweiler zu sein?

Blaire hatte Bri bereits geholfen, die große Kiste mit den Dekorationen nach oben zu tragen, und während die Männer sich am Baum zu schaffen machten und die Mädchen jede einzelne Dekoration bestaunten, während sie sie aus der Kiste zogen, ging ich noch einmal hinunter in den Keller.

Ich öffnete den Karton, holte den großen Ghettoblaster heraus und drehte ihn um, damit ich einen neuen Satz Batterien einsetzen konnte. Mit dem CD-Player unter einem Arm und einem Stapel CDs unter dem anderen, machte ich mich auf den Weg nach oben.

Im großen Raum angekommen, lief ich mit dem Rücken voran zu ihnen, um den Inhalt in meinen Armen vor ihren Blicken abzuschirmen. Dann stellte ich den CD-Player diskret neben den Kamin, versteckt hinter einem großen Sessel. Ich hielt es für das Beste, zuerst einen klassischen Weihnachtsmix abzuspielen. Ich hatte Angst, dass etwas zu Modernes Arran und Kip erschrecken würde, die beide noch nie eine Zeitreise unternommen hatten.

Ich begann mit niedriger Lautstärke, sodass es gerade laut genug war, um jeden im Raum dazu zu bringen, sich umzusehen, als würden sie sich die Klänge nur einbilden. Langsam erhöhte ich die Lautstärke, bis Kip sich beide Hände auf die Ohren schlug und entsetzt zur Decke blickte.

»Was in Gottes Namen ist das? Ich habe es euch gesagt, ich mag die Magie nicht, die an diesem Ort stattzufinden scheint. Macht, dass es aufhört.«

Mary lachte und ging hinüber, um die Handgelenke ihres Mannes zu packen, während sie seine Hände von seinem Kopf wegzog. »Sei nicht so ein Narr, Kip. Das ist keine Magie, nur ein Musikmacher, den wir von unserer Reise mitgebracht haben. Findest du nicht, dass es schön klingt?«

Kip antwortete nicht sofort. Stattdessen meldete sich Arran zu Wort: »Ich habe in meinem Leben noch nie so schöne Geräusche gehört. Lasst es geschehen, es ist magisch.«

Schließlich gab Kip auf und stimmte in das Summen und Singen ein, während wir den Tag damit verbrachten, die Conall Burg in ein Weihnachtswunderland zu verwandeln. Der Baum nahm nicht allzu viel Zeit in Anspruch. Dann nahm Mary uns

Frauen mit nach unten, um Girlanden und Kränze zu basteln, die wir rund um die Burg aufhängen wollten.

Obwohl es harte Arbeit war, die Blätter und Zweige zu etwas zu verdrehen, das das Auge erfreuen würde, machten Mary, Blaire und Bri ihre Sache sehr gut. Alle meine Bastelarbeiten erwiesen sich als Reinfälle.

Ich war im 21. Jahrhundert keine handwerklich begabte Frau gewesen, obwohl es dort im Umkreis von drei Häuserblocks Bastelläden gegeben hatte, die Klebstoffe und Werkzeuge verkauften, um einem die Sache zu erleichtern. Ohne solche Annehmlichkeiten war es für mich das pure Elend, es überhaupt zu versuchen.

Nach drei fehlgeschlagenen Kränzen und einer Girlande, die nur der Grinch zu schätzen wissen würde, wurde ich vom Basteldienst befreit und bekam die armselige Aufgabe, den Mistelzweig aufzuhängen, den Bri für den Eingang zum Speisesaal geschaffen hatte.

Mary hielt die Tradition der Mistelzweige für eine brillante Idee. »Du meinst, wenn ich Kip irgendwie dazu überreden kann, sich mit mir unter den Eingang zu stellen, wird er gezwungen sein, mich zu küssen? Ich werde den ganzen Tag dort stehen und darauf warten, dass er vorbeikommt! Ich glaube nicht, dass der alte Kerl sich überhaupt daran erinnern wird, welchen Teil des Körpers man zum Küssen benutzt, so lange ist es her, dass er das getan hat.«

Ich lachte, doch während ich das tat, ging mir Marys Bruder wieder einmal durch den Kopf. Wenn es stimmte, was Bri und Blaire über Hew zu wissen glaubten, dann war es auch bei ihm schon eine ganze Weile her, dass er geküsst worden war. Aus irgendeinem Grund wünschte ich mir, die Person zu sein, die das ändern würde. »Mary, würde es dir etwas ausmachen, wenn ich Hew nach dem Abendessen etwas zu essen bringen würde?«

Sie schnalzte wissend mit der Zunge. »Ich wusste doch, dass es einen Grund gibt, warum du dir gewünscht hast, dass ich Hew um Hilfe bei der Dekoration bitte. Du hast Gefallen an ihm gefunden, nicht wahr?«

Ich errötete – etwas, das in letzter Zeit häufiger zu passieren schien. Das gefiel mir ganz und gar nicht. »Na, und wenn schon?«

Mary lachte und blickte nach unten, um sich auf den Strauß aus Zweigen in ihren Händen zu konzentrieren. »Gut, Liebes. Es ist schon viel zu lange her, dass Hew seine Gesellschaft mit einer anderen Person geteilt hat. Bitte, ich würde mich freuen, wenn du ihm sein Essen bringen würdest. Ich mag es sowieso nicht, in den Schnee hinauszugehen.«

»Glaubst du, er wird verärgert sein? Ich möchte ihn nicht verärgern. Ich dachte nur, dass ich ihm vielleicht ein paar der Dekorationen mitbringen könnte, damit er sie in der Hütte aufhängen kann. Es würde ihm etwas zu tun geben und da sich der Schnee immer noch auftürmt, glaube ich nicht, dass er uns in nächster Zeit verlassen wird.«

»Da hast du recht, Mädchen, und er wird auch gar nicht verärgert sein. Er ist ein freundlicher Mann, auch wenn ich zugeben muss, dass er nicht sonderlich schnell warm mit Fremden wird. Aber wenn du erst einmal zu dem wahren Mann durchgedrungen bist, der hinter seiner Schüchternheit steckt, dann ...«, sie hielt inne und lächelte auf ihren Kranz hinunter, »ist er ein Mann, der es wert ist, kennengelernt zu werden.«

KAPITEL 10

Die Hütte stand still vor mir. Einen Moment lang befürchtete ich, dass er schon schlafen gegangen war, aber der Welpe, den ich unter meinem Arm wiegte, stieß ein lautes Kläffen aus. Innerhalb von Sekunden flog die Tür zur Hütte auf.

»Ach, `n Abend, Adelle. Ich hatte einen Moment lang befürchtet, dass ein dritter Welpe den Weg aus dem Schnee gefunden hat, aber wie ich sehe, ist es nur dein kleiner Kerl.«

»Äh, ja.« Ich hielt inne und winkte Arran weg, nachdem er den kleinen Baum, den wir gerade gefällt hatten, vor die Hütte geschleppt hatte und mir half, das Essen und die Dekoration zur Tür zu tragen. »Danke, Arran. Ich werde es dir wiedergutmachen.«

Arran rief mir über die Schulter zu, als er sich umdrehte und sich auf den Weg durch die Dunkelheit machte, um Hew und mich allein zu lassen. »Nein, das ist nicht nötig, Adelle. Sei vorsichtig auf deinem Weg zurück zur Burg.«

Ich hatte ihn angewiesen, zu gehen, sobald er alle Gegenstände abgeliefert hatte. Ich wollte die Chance haben, mit dem ruhigen, fremden Mann allein zu sein und ich wollte nicht riskieren, dass er Arran bat, ebenfalls hierzubleiben.

Nicht, dass ich mir darüber Sorgen hätte machen müssen. Bei Hews überraschtem Gesichtsausdruck fragte ich mich, ob ich überhaupt hereingebeten werden würde. Ich hob den Korb mit dem Essen, den ich in der linken Hand hielt, als ich meinen Welpen auf dem Boden absetzte. Sofort rannte er ins Innere der Hütte, um sich zu seinem Bruder zu gesellen. »Ähm ... Mary war beschäftigt, also habe ich ihr gesagt, dass ich dir etwas zu essen bringen würde. Ich hoffe, es macht dir nichts aus. Ich habe auch«, ich zeigte auf die Gegenstände hinter mir, »ein paar Dekorationen mitgebracht. Wir hatten noch ein paar von heute übrig und ich dachte, es würde dir etwas zu tun geben, du weißt schon, wenn du die Hütte weihnachtlich schmücken willst.«

Er runzelte die Stirn. Ich konnte nicht einschätzen, ob er nur verwirrt oder angewidert war. Ich hatte nicht viel darüber nachgedacht, dass er ein Mann war und sich wahrscheinlich keinen Deut darum scherte, etwas zu verschönern. Ich hatte einfach nur versucht, gute Laune zu verbreiten. »Ich ... du musst die Dekorationen nicht annehmen. Ich kann morgen früh mit Arran zurückkommen und sie holen. Aber nimm wenigstens das Essen. Ich gehe jetzt einfach zurück zur Burg.« Ich ging unbeholfen in die Hocke und pfiff meinen Welpen herbei, jedoch vergeblich. Die beiden Brüder rangen verspielt auf dem Boden und hatten nicht die Absicht, ihre Scharade zu beenden.

Hew überraschte mich, indem er seine Hand auf meine Schulter legte. »Nein, Mädchen, ich werde mich an der Dekoration erfreuen. Bitte, komm rein.«

Er trat zur Seite, um mich hereinzulassen. Das tat ich unverzüglich und fuhr mit meinen Händen über meine Arme, um mich zu wärmen.

»Komm, setz dich ans Feuer, während ich den Tisch decke. Sicherlich hast du es nicht eilig, zur Burg zurückzukehren. Warum bleibst du nicht und isst mit mir? Es tut mir leid, wenn ich den Eindruck erweckt habe, dich loswerden zu wollen. Ich war nur von deiner Anwesenheit überrascht.«

»Oh.« Ich hätte mich am liebsten selbst geohrfeigt, weil ich nicht in der Lage war, in seiner Gegenwart wie eine erwachsene Frau zu sprechen. Es war absolut lächerlich. Kein Mann, nicht einmal Bris Vater, hatte die Fähigkeit gehabt, mich so sprachlos zu machen.

»Hast du schon gegessen? Wenn ja, werde ich warten, bis du gegangen bist. Vielleicht kannst du dich wenigstens noch ein wenig am Feuer wärmen, aye?«

Für jemanden, der so schüchtern war, gab er sich Mühe. Und ich belohnte seine Bemühungen, indem ich weit weniger freundlich wirkte, als ich tatsächlich war. Ich redete normalerweise für mein Leben gern, und das wollte ich auch tun. Ich nahm mir vor, wieder menschlich zu wirken, bevor ich meinen Mund öffnete. »Nein. Ich habe noch nicht gegessen.«

Er stand auf und ging zu dem kleinen Tisch, wo er die Speisen, die ich ihm mitgebracht hatte, auslegte. »Komm und setz dich zu mir, Mädchen.«

Wir aßen schweigend. Obwohl ich in meinem Kopf nach Ideen suchte, worüber ich mit ihm sprechen konnte, hielt ich mich jedes Mal zurück. Er konnte mein Zögern spüren, denn manchmal sprach ich sogar eine Silbe aus, nur um dann wieder zu verstummen. Er hatte Mitleid mit mir und ergriff selbst das Wort.

»Ich entschuldige mich für mein Verhalten, als ich die Tür geöffnet habe. Ich bin es gewöhnt, ganz allein zu sein. Auch wenn ich hier zu Besuch bin, sind Gäste für mich sehr unerwartet. Kann ich dir etwas sagen?«

Ich nickte. »Natürlich.«

»Mir ist aufgefallen, dass du dich immer wieder selbst vom Sprechen abhältst, weil du dir Sorgen machst, dass ich die seltsame Art, wie du sprichst, bemerken könnte.«

Das hatte nichts damit zu tun, aber ich wollte nicht widersprechen, wenn er sich offensichtlich so viele Gedanken gemacht hatte. Stattdessen schwieg ich und wartete darauf, dass er fortfuhr. Das tat er auch sogleich.

»Ich gebe zu, dass ich es bemerkt habe, als ich dich zum ersten Mal gesehen habe, aber erst, nachdem Mary mir die Geschichte über deine Herkunft erzählt hat, habe ich es verstanden. Also mach dir keine Sorgen, Mädchen, ich werde nicht darüber urteilen, wie du sprichst. Ich bin selbst nicht so gut darin, mit anderen zu kommunizieren.«

Überrascht von seinen Worten lächelte ich, bevor ich sprach. Mary hatte nicht gelogen. Ihr Bruder war ein freundlicher Mann. »Wie kommt es, dass du Marys Ausführungen über mich so leicht geglaubt hast? Es ist selbst für diejenigen von uns, die Mornas Magie erlebt haben, schwer, sie zu akzeptieren.«

»Jetzt hast du wohl deine Stimme gefunden. Ich bin froh darüber.« Er lächelte leicht.

Wenn ich gestanden hätte, wären mir wohl die Knie weich geworden, so schön, wie er gerade aussah.

»Ich kannte Morna schon als Kind, und ich bin mit Geschichten über ihre Zauberkräfte aufgewachsen. Ich kenne meine Schwester gut genug, um zu wissen, dass sie mich in dieser Angelegenheit nicht anlügen würde. Außerdem passieren im Leben viele Dinge, deren Ursache wir uns nicht erklären können. Es muss eine ziemliche Umstellung für dich gewesen sein, hierherzukommen, aye?«

Wir waren fertig mit unserem Essen, und ich wusste, dass er schon bald von mir erwarten würde, mich zu verabschieden. »Ja, das war es, aber eine, die ich begrüßt habe. Da meine Tochter hier ist, gibt es keinen anderen Ort, an dem ich lieber wäre, und mir gefällt es hier sehr gut.« Ich stand auf und schob meinen Stuhl an den Tisch, bevor ich zur Tür ging. »Warum helfe ich dir nicht, die Sachen reinzutragen, dann lasse ich dich für den Abend in Ruhe.«

Der gleiche unleserliche Blick, der vorhin über sein Gesicht gewandert war, tauchte wieder auf, und ich befürchtete, ihn irgendwie verärgert zu haben. Er streckte seine Handfläche in Richtung des leeren Raumes aus. »Wirst du nicht bleiben und mir helfen? Es scheint, als hättest du genug mitgebracht, um ein ganzes Dorf zu schmücken, und ich habe das Fest nicht mehr gefeiert, seit ich ein kleines Kind war. Ich fürchte, ich werde nicht wissen, was ich mit all dem anfangen soll.«

Ich strahlte und trat in die Dunkelheit hinaus, damit er mein gerötetes Gesicht nicht sehen würde. »Ja, das würde ich gerne.«

Für jemanden, der die Gesellschaft anderer nicht mochte, schien er es nicht eilig zu haben, sich meiner zu entledigen.

***

Die Frau musste immer noch Mornas Magie in sich tragen, damit sie eine solche Wirkung auf ihn hatte. Er war von ihrer schlanken Präsenz an der Tür überrascht gewesen, aber er freute sich, sie zu sehen. Ihr blondes Haar hatte wild in der Brise geflattert, als sie Arran schnell weggeschickt hatte. Sie wollte mit ihm allein sein. Er war sich nicht sicher, warum, aber der Gedanke ließ zum ersten Mal seit Langem etwas tief in ihm erwärmen.

Anfangs hatte Adelle noch nervöser gewirkt, als er sich selbst gefühlt hatte, und es hatte irgendwie geholfen, seine Nervosität in der Gegenwart der Schönheit zu lindern. Tatsächlich fühlte er sich bei ihr ganz wie er selbst und redete so frei wie mit jedem anderen auch.

Die Schüchternheit der Frau hatte nicht lange angehalten. Nachdem er sie gebeten hatte, zu bleiben und ihm bei der Dekoration zu helfen, unterhielt sie sich ausführlich mit ihm und erzählte ihm großartige Geschichten über alles, was in den letzten Monaten auf Conall Castle geschehen war. Hew wünschte sich zum ersten Mal, dass er nicht so lange von seiner Heimat fortgeblieben wäre.

Als alles, was Adelle ihm mitgebracht hatte, so hergerichtet war, wie die Frau es wollte, begleitete er sie zurück zur Burg, und sein Herz war betrübter, als er es sich eingestehen wollte, dass ihr gemeinsamer Abend zu Ende gegangen war.

»Danke, dass ich deinen Abend unterbrechen durfte. Ich hoffe, ich habe dich nicht zu sehr belästigt.«

Die Frau war verrückt, wenn sie nicht sehen konnte, wie sehr er ihre Gesellschaft genossen hatte, aber er vermutete, dass seine Gefühle, die er immer tief in sich verschlossen hielt, sich nicht so deutlich in seinem Gesicht zeigten, wie er es sich manchmal wünschte.

Er starrte direkt in ihre grünen Augen, die so lebendig waren, dass er nicht umhin konnte, sich bewusst zu machen, dass er sich viel zu viele Jahre lang nicht erlaubt hatte, wirklich zu leben. Sie war die schönste Frau, die er je gesehen hatte, ihr blasses Gesicht war so rosig von der Kälte. Er wollte nichts weiter tun, als sie mit der Berührung seiner Lippen zu wärmen.

»Nein, du hast überhaupt nicht gestört. Ich hatte eine wunderbare Zeit.«

Er nahm all den Mut zusammen, den er für diesen Abend noch in sich hatte, und beugte sich rasch vor, um sie auf die Wange zu küssen. Bevor sie seine Reaktion sehen konnte, drehte er sich um und marschierte zurück in die Dunkelheit, wobei sein Herz so schnell schlug wie seit Jahrzehnten nicht mehr.

KAPITEL 11

Am nächsten Morgen verließ ich mein Schlafzimmer in der Frühe, um mit allen im Speisesaal zu frühstücken, immer noch berauscht von den Endorphinen, die bei der Berührung von Hews Lippen auf meiner Wange durch mich hindurch geschossen waren. Ich erinnerte mich immer wieder daran, dass es nur die Wange gewesen war, aber das half nicht, die schwindelerregenden Gefühle zu vertreiben. Was hätte ich getan, wenn er mir einen richtigen Kuss gegeben hätte?

Vorstellungen davon, mich mitten im Schnee auf ihn zu stürzen und ihn anzuflehen, mich direkt an die Burgmauer gelehnt zu nehmen, kamen mir in den Sinn, und ich schüttelte angewidert den Kopf. Ich war im Begriff, Großmutter zu werden, um Himmels willen.

Aber ganz ehrlich, wem wollte ich etwas vormachen? Wenn ich erwartete, dass mich das zu einer respektablen, ›normalen‹ Frau in ihren Fünfzigern machen würde, täuschte ich mich gewaltig. Ich war innerlich immer noch jung, vielleicht sogar unreif, und ich hatte keine Hoffnung, dass sich das in nächster Zeit ändern würde. Ich hatte es schon lange aufgegeben.

Ich betrat den Speisesaal und ich war mir sicher, dass sich meine Augen vor Überraschung weiteten, als ich Hew mit den anderen am Tisch sitzen sah. Ich tat mein Bestes, um meinen Schock zu verbergen, setzte mich an meinen üblichen Platz am Tisch und drehte mich um, um Eoin zuzuhören, der sich an die Runde wandte.

»Seid ihr fertig mit dem Essen, Männer? Wenn ja, sollten wir uns auf den Weg machen. Ich weiche nur ungern von Bris Seite, aber sie hat darauf bestanden, dass wir diese Reise machen.«

Bri nickte und winkte ab, während sie sich mit der anderen Hand den Bauch tätschelte. »Ja, das habe ich. Habt eine schöne Zeit. Das Baby scheint zufrieden zu sein. Ich bin mir sicher, dass es noch einige Tage bis zur Geburt dauern wird.«

»Wo wollt ihr denn hin?« Offensichtlich hatte ich den Anfang dieses Gesprächs verpasst, aber ich war nicht bereit, außen vor gelassen zu werden.

Bri antwortete von der anderen Seite des Tisches. »Da Heiligabend nur noch wenige Tage entfernt ist, werden uns die Männer für ein paar Tage verlassen, um auf die Jagd zu gehen. Hew hat sich bereit erklärt, bis nach den Feiertagen bei uns zu bleiben. Er wird ihnen bei der Jagd helfen. Mary sagt, dass er ein guter Bogenschütze ist.«

»Wunderbar. Seid ihr sicher, dass ihr uns zutraut, die Burg für uns allein zu haben, während ihr weg seid?«

Eoin lachte, als sich die anderen Männer von ihren Plätzen am Tisch erhoben. »O Adelle, sie gehört euch doch jetzt schon, oder nicht?«

Darauf hatte ich nichts zu erwidern. Er hatte ja recht. Wir taten ganz sicher alle, was wir wollten. Eigensinnige Frauen bevölkerten die Conall Burg.

Als sie sich zum Aufbruch rüsteten, trat Hew um den Tisch

herum und stellte sich an meine Seite, wobei er seinen Welpen trug, der zu seinen Füßen unter dem Tisch versteckt gewesen war.

»Wirst du für mich auf ihn aufpassen, während ich fort bin?« Er setzte ihn neben meinen Welpen, und sofort begannen sie spielerisch an den Gesichtern des anderen zu knabbern. »Sie scheinen sehr aneinander zu hängen.«

Ich grinste und nickte nachdrücklich. Ich war so erfreut und überrascht, dass er sich entschlossen hatte, die Männer auf ihrer Jagd zu begleiten. »Natürlich. Ich werde mich gut um ihn kümmern.«

»Aye, ich bin sicher, das wirst du.«

Er drehte sich um und verließ den Raum, ohne sich von irgendjemandem zu verabschieden, auch nicht von Mary, und ich konnte fast sehen, wie ihr der Dampf aus den Ohren kam.

»Was hast du gestern Abend mit ihm gemacht, Adelle? Du bist wirklich das Luder, für das ich dich immer gehalten habe, nicht wahr? Bist du losgezogen und hast meinen Bruder am ersten Abend, den du mit ihm allein verbracht hast, beschmutzt?«

Mary wartete keine fünf Sekunden, nachdem die Männer den Speisesaal verlassen hatten, um auf mich loszugehen, und mein Mund stand als Antwort auf ihren Angriff offen. »Was? Bist du verrückt? Natürlich habe ich das nicht! Aber selbst wenn ich es getan hätte, wäre er nicht ›beschmutzt‹ gewesen. Er war doch schon einmal verheiratet, oder nicht? Ich habe ihm nichts angetan, außer ihm das Ohr abzukauen. Er war sehr nett, und hat meine Anwesenheit geduldet.«

Ich beobachtete, wie sich Marys Gesicht von einer zornigen

Maske zu purer Überraschung wandelte. »Dann schwörst du mir also, dass du nicht mit ihm geschlafen hast?«

Die Wut, die aus Mary gewichen war, war auf mich übergegangen. »Mary, wenn ich nicht befürchten müsste, dass du mir den Hintern versohlst, wäre ich fast versucht, dich auf der Stelle zu erdrosseln. Es geht dich absolut nichts an, was ich mit deinem Bruder gemacht habe.«

»Du hast es also getan?«

Bri und Blaire blickten sich nervös an, und sicher fragten sie sich, ob sie sich zwischen uns stellen sollten, damit wir nicht versuchten, uns gegenseitig zu erwürgen. Wir mussten uns beide beruhigen. »Nein, ich habe nichts dergleichen getan, Mary.«

»Oh.« Mary stand auf und ging im Raum umher, als würde sie versuchen, meine Worte als Wahrheit zu akzeptieren.

»Außerdem solltest du dich mächtig schämen, dass du so etwas annimmst.« Ich lehnte mich in meinem Stuhl zurück und verschränkte meine Arme, um meine Frustration zu zeigen.

»Mom, zu Marys Verteidigung: Hew ist ihr Bruder, und es ist nicht so, dass das, was sie dir vorwirft, dir vollkommen fremd wäre.«

Ich schoss Bri einen Blick zu, der erschreckend gewesen sein musste, denn sie sank in ihren Stuhl und sagte kein weiteres Wort, während wir alle darauf warteten, dass Mary noch etwas sagte.

Schließlich atmete sie übertrieben aus und nahm ihren Platz am Tisch wieder ein. »Nun, wenn du nicht mit ihm schläfst, muss mein Bruder auf die seltsamsten Frauen stehen, denn er ist mächtig angetan von dir.«

»Wie kommst du darauf?« Mein Gesicht erwärmte sich, und ich hob die Hand, um mir Luft zuzufächeln. Wenigstens konnte ich in diesem Alter jede plötzliche Rötung auf meine Hormone schieben.

»Ich habe ihn fast angefleht, sich zu uns zu gesellen, als du es mir gestern aufgetragen hast, und er wollte nicht kommen. Dann verbringt er einen Abend in deiner Gesellschaft, und heute Morgen taucht er unaufgefordert in der Burg auf. Er ist natürlich immer willkommen, aber das ist ein schockierendes Verhalten von ihm, Adelle. Er hat die Jagd sogar vorgeschlagen. Er ist heute früh zu Eoin gegangen und hat ihm erzählt, dass er auf dem Weg hierher ein paar tolle Plätze zum Jagen gefunden hat.«

»Ist das so?« Ich blickte an mir herunter. Verdammt, warum gab es in diesem Jahrhundert noch keine Klimaanlage?

Bri lächelte und zeigte auf mein Gesicht. »Mom, du wirst ja rot. Du magst ihn, nicht wahr?«

Sie bewegte sich heute Morgen auf dünnem Eis. »Ja, das tue ich, aber ich werde nicht rot. Ich bin viel zu alt, um rot zu werden. Es ist nur sehr warm hier drin, das ist alles. Ich glaube, ich habe eine Hitzewallung.«

Blaire meldete sich zu Wort, die sich offenbar auf Bris Seite geschlagen hatte. »Nein, Adelle. Es ist überhaupt nicht warm hier drin. Ich glaube nicht, dass du eine Hitzewallung hast. Ich glaube, Bri hat recht, du wirst rot.«

»Warum verzieht ihr zwei euch nicht einfach?« Ich stand auf und verließ den Speisesaal, um mir etwas kaltes Wasser ins Gesicht zu spritzen.

KAPITEL 12

Sie waren in der Nähe der Burg geblieben und hatten im Dorf Unterschlupf für sich und ihre Pferde gefunden, aber die Jagd hatte ihnen allen gutgetan. Hew war es gewohnt, seine Tage mit harter Arbeit auf seinem Land zu verbringen. Er mochte es nicht, jeden Tag in der Enge der kleinen Hütte eingesperrt zu sein.

Er wollte mehr über Adelle erfahren, während er fort war, aber er hatte gehofft, dass er seine wachsenden Gefühle für sie geheim halten konnte. Er war völlig erfolglos gewesen. Es schien, als würden alle Männer annehmen, dass sein plötzlicher Eifer, sich an den Aktivitäten der Burg zu beteiligen, etwas mit ihr zu tun hatte.

Als sie sich auf den Weg zu ihren Gemächern in dem Gasthaus machten, das sie für den Abend gemietet hatten, stupste Arran ihn in die Rippen, als würden sie sich schon ewig kennen. »Hast du Adelles Gesellschaft gestern Abend genossen? Das muss so sein, denn vorher konnte ich dich nicht dazu überreden, die Burgmauern zu übertreten.«

Hew konnte ihn nicht anlügen. Allein der Gedanke an sie

ließ etwas tief in seiner Brust summen. Ein Verlangen, von dem er geglaubt hatte, es nie mehr spüren zu können. »Aye, Bursche. Ich habe die Zeit, die wir zusammen verbracht haben, wirklich sehr genossen.«

»Und du findest sie hübsch, nicht wahr?«

Der Bursche war vorlaut, aber Hew vermutete, dass er mit jedem so umging. Arran schien nicht die Art von Mann zu sein, der ein Blatt vor den Mund nahm, egal, in wessen Gesellschaft er sich befand. »Aye, sie ist die schönste Frau, die ich je gesehen habe. Bist du gut mit ihr vertraut, Arran?«

»Aye. Ich habe einen Großteil des letzten Jahres mit ihr verbracht. Sie ist wundervoll, ein wenig offener mit ihren Worten als die meisten Frauen, aber ich würde es nicht anders wünschen. Mary, Blaire und Bri sind genauso, vielleicht ist das der Grund, warum ich sie so mag. Ich finde, feurige Mädchen sind die beste Gesellschaft.«

»Nay, mir macht es auch nichts aus. Meine Frau war sehr ähnlich. Sie hat immer gesagt, was ihr in den Sinn gekommen ist. Es war eine Freude, mit einer Frau zusammen zu sein. Ich musste mich nie fragen, was sie denkt.« Hew lächelte, leicht überrascht von sich selbst. Es war das erste Mal seit Jahren, dass er über seine Frau sprach, ohne dass sich Traurigkeit in sein Herz schlich.

»Nun, du wirst dich nie fragen müssen, was Adelle denkt, so viel ist sicher. Du wirst uns an Heiligabend zum Essen Gesellschaft leisten, nicht wahr? Es würde sie enttäuschen, wenn du es nicht tätest, und an dem Funkeln in deinen Augen, wenn du von ihr sprichst, kann ich erkennen, dass du das nicht willst.«

Das Letzte, was er tun wollte, war, Adelle in irgendeiner Weise zu verärgern. Langsam begann er, nichts anderes mehr tun zu wollen, als ihr zu gefallen. »Aye, ich werde da sein. Du hast recht, ich möchte sie auf keinen Fall enttäuschen.«

Die Männer kamen am Mittag des Weihnachtsabends wieder auf der Burg an. Die Ausbeute der Jagd war so groß, dass ich sofort zu Mary in die Küche musste, damit wir uns an die Arbeit machen konnten, um das Fleisch vorzubereiten. Bri und Blaire hatten sich zurückgezogen. Ich vermutete, dass sie beide private Minuten mit ihren Ehemännern verbrachten, die sie ganze drei Tage lang nicht gesehen hatten.

Es kam mir ein wenig lächerlich vor, dass eine so kurze Zeit der Trennung ihnen beiden so viel Kummer zu bereiten schien, aber die Wahrheit war, dass ich ein wenig neidisch auf die Beziehungen war, die sie gefunden hatten. Das hatte ich bei Bris Vater nie gehabt. Wir hatten die Abwesenheit des jeweils anderen immer genossen. Selbst nach unserer Scheidung hatte ich mich nie lange genug mit jemandem verabredet, um meinen Gefühlen zu erlauben, so stark zu werden.

Als das Essen fertig war, saßen alle außer Mary und mir im Speisesaal und warteten gespannt auf das Festmahl, das vor ihnen aufgetischt werden sollte. Ich hatte gerade den Raum betreten, als ich über den unteren Teil meines Kleides stolperte und nach vorne taumelte.

Ich war sicher, dass ich auf dem Boden landen und den kostbaren Brotkorb, den ich in den Händen hielt, fallen lassen würde, aber Hews schnelle Hände brachten mich plötzlich wieder ins Gleichgewicht. Er war aufgesprungen, um ein Stück Girlande aus dem Maul seines neugierigen Welpen zu ziehen, und war gerade noch rechtzeitig vorbeigekommen, um mich vor dem Sturz zu bewahren.

»Bist du wohlauf? Mary würde dich umbringen, wenn du das Essen fallen ließest.«

»Ja, das würde sie ganz sicher. Danke.« Ich blickte zu ihm auf und verlor mich augenblicklich in dem Grün seiner Augen. Er ließ meine Unterarme nicht los, und es bedurfte erst Arrans Stimme vom Tisch, um uns von unseren fixierten Blicken loszureißen.

»Sieh einer an. Ihr steht beide unter dem Mistelzweig. Du musst sie küssen, Hew. Es bringt Unglück, wenn du es nicht tust.«

Unsere Blicke trafen sich noch einmal. Ich war sicher, dass er mich nicht küssen würde. Es war zu viel für ihn gewesen, mir unter vier Augen einen Kuss auf die Wange zu geben. Das wäre zu viel von ihm verlangt.

Er sah jedoch nicht weg. Stattdessen lehnte er sich dicht an mich heran, bis seine Lippen nur noch eine Haaresbreite von meinen entfernt waren, und flüsterte: »Es scheint, als müsste ich das. Ich werde nicht zulassen, dass du vom Unglück verfolgt wirst.«

Seine Lippen drückten warm, weich und schüchtern gegen meine. Ich verschmolz mit ihm und fuhr beinahe mit meinen Fingern in sein Haar, während die Schmetterlinge in meinem Bauch jeden Zentimeter meines Körpers durchströmten. Marys Stimme auf der anderen Seite des Raumes brachte ihn dazu, sich von mir zu entfernen.

»Nun, jetzt hast du es ruiniert. Jetzt, wo Kip gesehen hat, wozu das gut ist, werde ich ihn niemals dazu bringen können, sich darunter zu stellen.«

Hew lachte, lehnte sich aber an mein Ohr, nachdem Mary an

uns vorbeigegangen war, und flüsterte so, dass niemand außer mir ihn hören konnte. »Ich habe vor, diesen Kuss später zu Ende zu bringen.«

Ich lächelte und flüsterte zurück, ohne mich um die Blicke zu scheren, die auf uns gerichtet waren. »Das hoffe ich doch.«

KAPITEL 13

Der Weihnachtsmorgen war so, wie ich es mir erhofft hatte. Geschenke, ein schöner Baum, ein warmes Feuer und viel Liebe und Lachen erfüllten die Burg. Gemeinsam zündeten wir die Kerze an, die wir ins Fenster gestellt hatten, um den Weg für Fremde zu erleuchten – eine Neujahrstradition, die Mary mit uns geteilt hatte. Ich hatte durch meine archäologischen Recherchen schon von diesem Brauch gehört, aber es war ein Vergnügen, aktiv an diesem Ritual teilzunehmen.

Als Bri die Babydecke auspackte, weinte sie große Freudentränen, woraufhin alle anderen Frauen, sogar Mary, wie Babys zu weinen begannen. Das Baby würde nun bald kommen, also hatte ich auch das Fläschchen eingepackt, das Morna mir mitgegeben hatte. Bris Reaktion war genau so ausgefallen, wie ich es erwartet hatte.

»Oh, Gott sei Dank! Ich habe seit Wochen schreckliche Angst vor den Schmerzen. Ich hatte mich schon fast entschlossen, das Kind nicht herauskommen zu lassen. Wenn die Medizin von Morna kommt, wird sie sicher helfen, meinst du nicht?«

Ich hatte den Verdacht, dass sie sich ein wenig zu große Hoffnungen machte. Ich war mir zwar sicher, dass es helfen würde, ihre Schmerzen ein wenig zu dämpfen, aber bei einer Geburt bestand kaum eine Chance, dass es eine schmerzfreie Erfahrung werden würde. Ich konnte mir nicht vorstellen, dass sie das hören wollte, also lächelte ich einfach und nickte. »Ja, ich bin sicher, es wird helfen.«

Hew hatte sich zu uns gesellt, verhielt sich aber distanziert. Ich nahm an, dass er keinem von uns ein schlechtes Gewissen bereiten wollte, weil wir keine Geschenke für ihn hatten. Ich hatte jedoch eins. Es war nur noch nicht ganz fertig, und ich wollte, dass er es erst später erfuhr. Ich würde Marys Hilfe in Anspruch nehmen müssen, um es fertigzustellen. Ich hatte nämlich eine hervorragende Arbeit geleistet, es gründlich zu vermasseln.

Ich ging zu ihm hinüber und berührte sanft seinen Arm. »Frohe Weihnachten.«

Er lächelte und drückte sanft meine Hand. »Dir auch frohe Weihnachten. Es ist viele Jahre her, dass ich ein so wunderbares Fest miterleben durfte, aber ich glaube, ich werde mich jetzt verabschieden und für eine Weile in die Hütte zurückkehren.«

»Oh, bitte nicht. Wir alle genießen es, dich hier zu haben. Fühlst du dich nicht wohl?«

»Nein. Ich bin überrascht zu sagen, dass ich mich bei euch allen sehr wohl fühle. Es ist nur so, dass ich euch gerne etwas geben würde, aber es ist noch nicht ganz fertig. Kommst du bald mal bei der Hütte vorbei?«

Ich lächelte, aber Panik durchströmte mich. »Ja, natürlich werde ich das.« Ich würde kein Geschenk von ihm annehmen, wenn ich ihm nicht auch etwas zurückgeben könnte. Das bedeutete, dass ich nicht viel Zeit hatte, Mary davon zu überzeugen, mir zu helfen, das Desaster zu reparieren, das ich gestern Morgen zu nähen versucht hatte.

Er lächelte und drückte meine Hand nochmals, bevor er sich davonschlich. Sobald ich sah, dass er weg war, durchquerte ich den Raum und riss Mary von ihrem Stuhl hoch.

»Du musst kommen und mir helfen, schnell. Ich habe versucht, Hew etwas zu nähen, aber ich habe alles vermasselt. Jetzt will er mir etwas schenken, also musst du mein Geschenk für ihn reparieren.«

»Soso, seinem Flittchen wird er ein Geschenk machen, aber nicht seiner Schwester. Hast du gerade gesagt, dass du versucht hast, etwas zu nähen, Adelle?«

Mary sah mich missbilligend an, stand aber auf. Ich wusste, dass sie gerne helfen würde. »Ja, ich weiß. Schreckliche Idee.«

»Aye, Mädchen.« Mary lachte herzlich. »Du bist eine Närrin, aber ich bin heute so glücklich, dass es mir nichts ausmacht, dir zu sagen, dass ich dich von Herzen gern habe. Jetzt lass uns das Chaos beseitigen, das du angerichtet hast. Mein Bruder hat ein ordentliches Geschenk verdient.«

KAPITEL 14

Mit tauben Fingern und roter Nase klopfte ich an die Tür der Hütte. Es hatte wieder angefangen zu schneien, und der Wind wehte bitterkalt. Er öffnete schnell und lächelte breit.

»Komm rein, Mädchen. Du und der Welpe. Es ist eiskalt draußen.«

Im Kamin brannte ein großes Feuer, das den Raum warm, ja fast kuschelig, machte. Er trug weniger Kleidung, als ich je an ihm gesehen hatte, und ich musste bei seinem Anblick schwer schlucken. Er trug lange Hosen und sein dünnes Leinenhemd entblößte einen Teil seiner Brust. Brusthaare ragten aus dem Oberteil heraus.

Sobald ich im Raum stand, zog er mich in eine große Umarmung. Ich atmete seinen männlichen Duft tief ein, während mein Gesicht an seine Brust gepresst wurde. »Es tut mir leid, dass ich so lange gebraucht habe. Ich musste Mary bitten, mir zu helfen, dein Geschenk fertigzustellen. Ich habe eine ziemliche Katastrophe angerichtet.«

Er durchquerte den Raum und griff nach einer kleinen

Schachtel, die auf der Fensterbank neben dem Baum stand. »Du brauchst mir nichts zu schenken.«

»Nun, das gilt auch für dich. Aber es scheint, als hätten wir beide es trotzdem getan, also lass uns die Geschenke austauschen.«

Ich wartete nicht darauf, dass er mir meins gab, bevor ich ihm die beiden gefalteten Stoffstücke entgegenstreckte, die ich in meinen Händen hielt. Er nahm sie, und nachdem er sie entfaltet hatte, starrte er fragend auf die seltsamen Stücke hinunter. »Danke, aber was genau ist das, was ich da in der Hand halte?«

Ich bückte mich und schnappte mir meinen Welpen, der neben seinem Bruder am Feuer kuschelte. Ich streckte die Hand aus, nahm ihm eines der Stücke ab und stülpte es dem Welpen vorsichtig über den Kopf, wobei ich jedes Bein durch die winzigen Löcher schob.

Er lachte laut auf. »Hast du Gewänder für die Welpen gemacht? Ist das da, wo du herkommst, üblich?«

Ich lächelte. Ich hatte geahnt, dass er es albern finden würde, aber es war nicht zu leugnen, wie niedlich die beiden in ihren kleinen Wollpullovern aussahen. »Ja, das habe ich. Das kommt nicht so häufig vor, aber ein paar verrückte Leute wie ich ziehen ihren Hunden manchmal welche an. Man kann nicht leugnen, wie putzig sie darin aussehen.«

Er grinste und hob den anderen Welpen hoch, um dem Tier die Kreation überzustreifen. »Nein, ich kann es nicht leugnen. Sie werden die niedlichsten, lächerlichsten Welpen sein, die es gibt. Es scheint, als würden sich unsere Geschenke gegenseitig ergänzen.«

»Ach ja? Inwiefern?«

Er drückte mir die Schachtel in die Hand. »Mach sie auf und

sieh selbst. Ich hoffe, sie gefällt dir. Es ist schon einige Zeit her, dass ich etwas geschnitzt habe.«

Ich hob den Deckel der Holzschachtel vorsichtig an. Das Kästchen selbst war wunderschön und von einem ausgezeichneten Handwerker gefertigt worden. Ich konnte mir nur vorstellen, wie prächtig der Inhalt der Kiste sein würde. Ich hob das kleine Stück Stoff an, das die Gegenstände abdeckte, und musste die Tränen zurückhalten, als ich sah, was darin lag.

Zwei hölzerne Ornamente und jedes von ihnen baumelte an purpurroten Bändern. Sie waren perfekt in die Form zweier Hunde geschnitzt worden – zweier Welpen, um genau zu sein. Ihre Ähnlichkeit mit denen, die zu unseren Füßen kuschelten, war verblüffend.

Ich hatte seit vielen Jahren kein so rührendes Geschenk mehr bekommen. Es waren nicht die Ornamente selbst, obwohl sie sicherlich beeindruckend waren. Die Aufmerksamkeit und die Gedanken, die in ein solches Geschenk geflossen waren, berührten mich tief. Er hatte mir an dem Abend zugehört, als wir gemeinsam das Haus dekoriert hatten, und meine besondere Liebe zu solchen Gegenständen zur Kenntnis genommen.

Seine Stimme ließ mich aus meinen Gedanken aufschrecken. »Bist du nicht zufrieden? Ich bin nicht mehr so gut im Umgang mit Holz wie früher. Ich bin ein bisschen aus der Übung.«

»Nein.« Ich streckte die Hand aus, um ihn fest an der Hand zu packen. »Sie sind erstaunlich, Hew, wirklich. Ich liebe sie. Ich bin nur ein bisschen enttäuscht.« Ich grinste kokett über die Besorgnis, die sich auf seinem Gesicht zeigte.

»Enttäuscht?«

»Ja, enttäuscht. Ich hatte gehofft, dass mein Geschenk darin besteht, dass du den Kuss beendest, den du gestern angefangen hast.«

Er lachte, riss mir die Schachtel aus den Händen, warf sie auf das Bett auf der anderen Seite des Raumes und zog mich fest an sich. »Aye, ich werde ihn beenden, und dann werde ich noch einen und noch einen beginnen.«

Dieser Kuss enthielt nichts von der Schüchternheit, die sich in seinem Kuss am Abend zuvor bemerkbar gemacht hatte. Seine Lippen bewegten sich selbstbewusst auf meinen, während er eine Hand auf meinen Rücken legte und mich an sich drückte, während seine andere Hand sich in mein Haar wickelte.

Ich stöhnte auf, als er meine Unterlippe tief in seinen Mund nahm. Er zog sich zurück, um atemlos in mein Ohr zu sprechen. Das Kitzeln seiner Stimme veranlasste mich, mich ihm entgegen zu winden.

»Mach nicht so ein Geräusch, es sei denn, du willst, dass ich dich gleich hier im Bett nehme.« Er nickte mit dem Kopf in diese Richtung.

Während mein Körper sich nichts sehnlicher wünschte, als dass er genau das tat, fühlte sich etwas an Hew anders an. In seiner Gegenwart fühlte ich mich besonders ausgeglichen, lebendig und verändert. Es schien, als würde eine solch voreilige Handlung meine Gefühle für ihn banalisieren. Ich lachte, als sein Atem über meinen Nacken und meinen Rücken kitzelte. »Es tut mir leid, aber ich kann nichts dafür, wenn du mich so küsst.«

»Willst du, dass ich aufhöre?«

»Nein, ganz und gar nicht. Ich mag deine Küsse sehr gerne.« Ich küsste ihn sanft und erlaubte meiner Zunge, in seinen

Mund zu gleiten, bevor ich mich zurückzog. Im Gegenzug drückte er mich noch einmal an sich.

Er verschlang mich, sodass mir leicht schwindlig wurde, als wir die Atemzüge des jeweils anderen einatmeten, als wären es unsere eigenen. Wenn ich mich nicht schnell zurückzog und das Thema wechselte, würde ich ihm erlauben, mich zu nehmen, und etwas in meinem Kopf schrie, dass dieser Mann anders sein musste.

Langsam schloss ich meinen Mund und gab ihm einen kleinen Kuss, bevor ich mich zurückzog. »Mir ist gerade etwas eingefallen.«

Seine grünen Augen waren verschleiert, fast verschwommen von der Lust, von der ich sicher war, dass sie sich in meinen eigenen Augen spiegelte. »Aye? Was? Glaubst du, du könntest es mir vielleicht später erzählen?«

Ich lachte und wollte weggehen, aber er hielt mich dicht an sich gedrückt. »Nein, es ist sehr wichtig. Wir haben unseren Welpen noch keine Namen gegeben. Wir haben sie zusammen gefunden. Ich denke, wir sollten ihnen gemeinsam einen Namen geben.«

Er schwieg einen Moment lang. Ich vermutete, dass er sich eine Minute Zeit nahm, um sich aus den Fesseln seiner lüsternen Gedanken zu befreien. Langsam lockerte er den Griff um meinen Rücken und trat ein wenig zur Seite. »Aye, du hast völlig recht. Das sollten wir tun. Ich weiß, wie ich den Dunklen nennen möchte.«

»Wirklich? Wie?«

»Er ist ein ziemlich maskuliner Welpe, findest du nicht auch? Mit seinem Fell sieht er fast ein bisschen exotisch aus. Ich denke, wir sollten ihn Tearlach nennen. Das bedeutet, dass er eine männliche Kreatur ist.«

Ich lächelte. Ich fand nicht, dass der Welpe männlich aussah, sondern liebenswert, aber er hatte recht. Wenn der Welpe heranwuchs, würden die flauschigen Haare um seinen Kopf ihn wie einen Löwen aussehen lassen. »Es ist perfekt.«

»Du solltest diejenige sein, die dem Hellen einen Namen gibt. Du bist es, die ihn gefunden hat.«

Ich dachte einen Moment lang nach, aber jeder Name, der mir einfiel, klang zu amerikanisch. Er brauchte einen schottischen Namen, der zu seinem Bruder passen würde. »Siehst du, wie sein Schweif immer in die Höhe ragt? Es sieht aus, als würde er eine Flagge schwenken. Gibt es ein anderes Wort dafür?«

»Aye, ich verstehe. Was ist mit Bratach? Es hat die gleiche Bedeutung.«

Ich stellte mich auf die Zehenspitzen und küsste ihn auf die Wange. »Ich denke, er ist perfekt, und damit werde ich mich verabschieden. Du bist eine zu große Versuchung, als dass ich noch einen Moment länger bleiben könnte.«

Er lachte sein tiefes, brummiges Lachen, das seine ganze Brust erschütterte und meine Knie schwach werden ließ.

»Versuchung? Nein, du bist die Versuchung. Ich war lange Zeit allein. Du hast Gefühle in mir geweckt, von denen ich fürchte, dass ich zu alt bin, um sie zu bewältigen.«

»Du bist nicht alt. Du bist genauso alt wie ich, glaube ich, und ich bin keineswegs alt, was bedeutet, dass du es auch nicht bist.« Ich entfernte mich von ihm und stellte mich neben die Tür.

»Wenn du das sagst. Begleitest du mich morgen Nachmittag?«

»Ja, ich denke, das ginge. Wohin?«

»Das ist eine Überraschung. Wir treffen uns gegen Mittag hinter der Burg.«

Er öffnete die Tür zur Hütte, nahm meine Hand, um mich zur Burg zurückzubringen, und ließ mich mit der Frage zurück, was der morgige Tag für mich bereithalten würde.

KAPITEL 15

Hew stand am nächsten Morgen früh auf, um an dem großen Stück Holz zu arbeiten, das von den Ornamenten übrig geblieben war, die er gemacht hatte. Er hoffte, daraus eine Art Schlitten zu machen, mit dem er und Adelle heute Nachmittag auf ihren Ausflug gehen konnten.

Allein der Gedanke, mehr Zeit mit ihr zu verbringen, ließ sein Herz schneller schlagen. Er hatte so lange allein gelebt, dass er sich eingeredet hatte, es sei der einzige Weg, das Andenken an seine verstorbene Frau zu ehren, sich in den Erinnerungen an die kurze Zeit mit ihr gefangen zu halten. Aber mit jedem Tag, den er Adelle kannte, fühlte er sich lebendiger. Er begriff langsam, dass nichts weiter von der Wahrheit entfernt sein konnte.

Mae war keine eifersüchtige Frau gewesen. Sie hatte gewusst, dass ihr sein Herz gehörte und sie hatte ihr Leben mit mehr Licht und Liebe gelebt als jedes andere Mädchen, das er je getroffen hatte. Sie hätte sich mehr für ihn gewünscht. Sie wäre nicht erfreut gewesen, dass er so viele Jahre allein verbracht hatte.

Es machte ihn traurig, dass er die Wahrheit über die Fehler, die er gemacht hatte, so lange nicht gesehen hatte.

Jetzt konnte er nur noch versuchen, voranzuschreiten und den Rest seines Lebens so zu leben, wie Mae es sich gewünscht hatte. Sie würde sich sehr freuen, wenn sie wüsste, dass er sein Glück wiedergefunden hatte. Er konnte fast hören, wie sie ihm ins Ohr flüsterte und ihn anflehte, Adelle nicht aus seinen Fängen zu lassen.

Er hatte nicht vor, das zuzulassen, aber er wusste auch, dass es besser war, ihren gemeinsamen Nachmittag im Freien zu verbringen. Er war ein Mann, der sein Bett schon zu lange nicht mehr mit einer anderen Frau geteilt hatte, und wenn er und Adelle das nächste Mal allein in seinen vier Wänden sein würden, wusste er, dass er sich nicht davon abhalten können würde, sie als sein Eigentum zu beanspruchen.

Aus diesem Grund arbeitete er und hackte mit aller Kraft, die er aufbringen konnte, an dem Holz, um es in den perfekten Sitz für zwei zu verwandeln. Er war von Verlangen erfüllt, und er musste sich körperlich betätigen, um seine Gedanken von ihr abzulenken.

Entweder hatte Hew Mary nicht gesagt, was er heute Nachmittag mit mir vorhatte, oder sie war verdammt entschlossen, nicht zu verraten, was sie wusste.

Bri und Blaire hatten darauf bestanden, mich einzukleiden, und sie hatten beschlossen, mich in das schönste Kleid zu stecken, das ich hatte. »Seid ihr sicher, dass das angemessen ist? Ich fühle mich sehr übertrieben gekleidet.«

»Es ist immer besser, übermäßig schick angezogen zu sein,

als zu wenig. Ich glaube, du bist diejenige, die mich das gelehrt hat. Außerdem können wir es nicht wissen, da Mary sich weigert, uns zu sagen, was er vorhat, oder?«

Bri zupfte weiter an meinem Haar herum und tat ihr Bestes, um es zu bändigen.

Mary warf ihre Hände in die Höhe, als sie sich wütend an uns wandte. »Ich habe dir schon gesagt, dass ich nicht weiß, was er vorhat. Ich habe noch nicht mit ihm darüber gesprochen. Ihr seid beide dickköpfig.«

Sie drehte sich um und ließ uns stehen, wobei sie mit den Füßen aufstampfte. Als sie weg war, brachen wir beide in Gelächter aus. »Ich hätte sie nicht so bedrängen sollen. So. Was denkst du?«

Bri trat zur Seite, damit ich mich umdrehen und in den Spiegel schauen konnte. »Danke. Meine Haare sehen gut aus, aber ich fühle mich lächerlich in diesem Kleid. Ich würde lieber eine Jeans und eine schöne Bluse tragen.«

Bri lachte und beugte sich herunter, um mich zu drücken, während sie ihr Gesicht an mein eigenes legte. »Da bin ich mir sicher, aber ich fürchte, diese Zeiten sind vorbei. Zumindest wird in dieser Zeit nicht mehr von uns erwartet, dass wir uns die Beine rasieren.«

»Gott sei Dank gibt es wenigstens kleine Vorteile.« Sie hatte recht. Es würde als ziemlich seltsam angesehen werden, wenn wir das in dieser Zeit tun würden, und das war mir recht. Ich hatte es sowieso immer als lästig empfunden.

»Bist du nervös, Mom? Du magst ihn sehr, nicht wahr?«

Ich stand auf und wünschte, ich könnte das Kleid um gute achtzehn Zentimeter kürzen, nur damit ich mich freier bewegen konnte. »Ein bisschen, aber jedes Mal, wenn ich in seiner Nähe bin, löst sich meine Nervosität in Luft auf. Und ja, ich mag ihn sehr, was wahrscheinlich töricht ist. Sobald der Schnee schmilzt, wird er nicht mehr hierbleiben wollen.«

»Da wäre ich mir nicht so sicher, Mom. Ich denke, wenn er einen Grund hätte, zu bleiben, würde er es tun. Vielleicht wirst du dieser Grund sein.«

Ich hoffte, dass sie recht hatte. Die Vorstellung, dass er gehen würde, erfüllte mich mit Traurigkeit, aber darüber würde ich mir jetzt keine Gedanken machen. Heute würde ich einfach seine Gesellschaft genießen.

KAPITEL 16

Verflucht sollte Mary sein. Sie hatte genau gewusst, welche Aktivität Hew für uns geplant hatte. Als Hew mit einem Schlitten am Hintereingang des Schlosses ankam, erblickte ich Mary, die sich hinter einer Ecke versteckte und wie wild kicherte.

»Das ist nicht im Geringsten lustig, Mary! Jetzt wird er gezwungen sein, auf mich zu warten, während ich mich umziehe. Ich will auf keinen Fall, dass das Kleid klatschnass wird.«

Mary trat aus ihrem Versteck im Schatten hervor und winkte ihren Bruder lachend in die Burg. »Oh, sei nicht so ein mürrisches Kind, Adelle. Hew, geh schon mal rein, während sie sich umzieht.«

Hew stapfte mit seinen schneebedeckten Füßen nach draußen, bevor er Marys Anweisung folgte und mir einen entschuldigenden Blick zuwarf, bevor er seine Schwester tadelte. »Das war nicht nett von dir, Mary.« Er drehte sich zu mir um. »Aber ich will nicht sagen, dass ich nicht erfreut bin, dich in einem so schönen Kleid zu sehen. Du siehst reizend aus.«

Mary meldete sich wieder zu Wort und gab mir keine Gelegenheit, ihm für seine freundlichen Worte zu danken.

»Ach, wenn du sie darin ansprechend findest, bin ich sicher, dass du umfallen wirst, wenn du siehst, in welchem Aufzug sie als Nächstes erscheinen wird. Ich bin mir sicher, dass sie deine Idee, im Schnee herumzutollen, als Ausrede benutzen wird, um ihre schrecklichen Gewänder aus ihrer eigenen Zeit anzuziehen. Ich verstehe nicht, was die Männer daran finden, aber jedes Mal, wenn Adelle, Bri oder Blaire beschließen, sich in ihre modernen Kleider zu zwängen, können alle Männer, mein eigener Kip eingeschlossen, ihre Zungen kaum in ihrem Mund behalten. Das ist wirklich erbärmlich.«

Hew runzelte verwirrt die Stirn, aber er sagte nichts. Ich ignorierte die beiden und machte mich auf den Weg zurück nach oben.

Ich war schon fast außer Sichtweite, als Mary mir nachrief. »Ich habe recht, aye? Bist du auf der Suche nach deiner ›Jeans‹?«

Ich lächelte vor Freude, denn ich konnte es nicht erwarten, mir das lästige Kleid vom Leib zu reißen und in die bequeme Jeans zu schlüpfen. Ich schrie ihr über meine Schulter zu. »Ja, Mary. Du hast recht.«

***

Mary hatte auch recht gehabt, was Hews Reaktion auf den Anblick einer Frau in solcher Kleidung anging. Es war sicherlich etwas, woran Männer in dieser Zeit nicht gewöhnt waren. Bei meinem Anblick blieb ihm fast der Mund offen stehen. Obwohl ich von Kopf bis Fuß bekleidet war und mich so gut wie möglich für unsere verschneiten Aktivitäten eingepackt hatte, fühlte ich mich unter seinem Blick verlegen.

»Ich weiß nicht, ob du dich mir anvertrauen solltest, wenn du so aussiehst. Ziehen sich die Frauen dort, wo du herkommst, wirklich so an?«

Ich lachte und marschierte an ihm vorbei hinaus in den Schnee. »Oh ja, ständig. Das ist ein ziemlich konservatives Outfit, das versichere ich dir. Wäre es dir lieber, wenn ich mein Kleid wieder anziehen würde?«

Er holte mich schnell ein und warf seine Arme von hinten um mich. Er küsste mich grob auf die Wange und seine Gesichtsbehaarung kitzelte mein Ohr. »Nein, Mädchen. Ich würde dich nicht gehen lassen, um dich umzuziehen, selbst wenn du es wolltest. Komm mit. Ich habe einen hübschen Hügel in der Nähe der Hütte gefunden, der sich perfekt zum Schlittenfahren eignet.«

Ich war begeistert von der Unternehmung, für die er sich entschieden hatte, und es überraschte mich auch ein wenig. Er war viel vergnügter, als er anfangs vermuten hatte lassen. Ich nahm seine Hand in die meine und wir machten uns auf den Weg zu dem verschneiten Hügel.

Die Frau wollte ihn quälen. Es gab keine andere Erklärung dafür, dass sie sich so gekleidet hatte. Er konnte die Form ihres Hinterns in ihrer Hose erkennen, und was für ein schöner Hintern das war. Rund und voll, so wie es sich für eine Frau gehörte.

Wenn die Frau die Wahrheit sagte – und sie schien keinen Grund zum Lügen zu haben –, konnte er sich ausmalen, dass die Männer in ihrer Zeit einen Großteil ihrer Tage damit verbrachten, überaus unbehaglich herumzulaufen, da ihnen täglich ein solcher Augenschmaus vorgesetzt wurde.

Hew atmete tief durch die Nase ein und hoffte, dass die Kühle in der Luft das Feuer, das in ihm brannte, beruhigen würde. Als sie den Hügel erreichten, stellte er den Schlitten, den er gebaut hatte, dankbar in den Schnee und wies Adelle an, vorne zu sitzen, damit er sich hinter sie setzen konnte.

Sie stießen sich kräftig ab und flogen die verschneite Landschaft hinunter, wobei sie beide vor Vergnügen jaulten, als der kalte Wind über ihre Gesichter strich. Unten angekommen, stoppte der Schlitten ziemlich abrupt und riss beide aus ihren Sitzen, sodass sie in den Schnee stürzten.

Sie landeten in einem wirren Haufen. Adelle lag auf ihm und lachte so sehr, dass das Zittern ihrer Brust seine eigene erschütterte.

»Bist du wohlauf?«, fragte er. Ihr Spaß würde schnell verdorben sein, wenn seine Idee ihr Schaden zufügen würde.

Sie lächelte strahlend und beugte sich vor, um ihn schnell auf die Nasenspitze zu küssen. Er fragte sich, wie eine Frau es schaffen konnte, ihre Zähne so strahlend weiß zu halten. Sie waren umwerfend, genau wie jeder andere Teil von ihr.

»Ja, mir geht es gut. Lass uns das noch mal machen!«

Sie sprang von ihm herunter und war bereits auf halbem Weg den Hügel hinauf, bevor er es schaffen konnte, sich aus dem Schnee aufzurappeln.

KAPITEL 17

»Aufwachen ...«

Bris Stimme lockte mich aus dem Tiefschlaf. Als ich erwachte, saßen Bri und Blaire auf beiden Seiten von mir und grinsten mich erwartungsvoll an.

Ich rollte mich auf den Bauch, schirmte mein Gesicht vor den beiden ab und stöhnte, als ich sprach. »Was wollt ihr? Lasst mich einfach in Ruhe. Ich werde schon aufwachen ... morgen irgendwann.«

Bri fuhr mit ihrer Hand in mein Haar und zerzauste es, damit ich mich wieder auf den Rücken drehte. »Du hast das Frühstück verpasst. Genau wie Hew. Mary ist mit keinem von euch zufrieden und sie hat gesagt, dass ihr mit dem Essen bis zum Abend warten müsst, weil sie euch nach dem Aufwachen nichts mehr warm machen wird.«

Ich tat ihr den Gefallen, rollte mich auf die Seite und setzte mich so auf, dass ich auf Augenhöhe mit den beiden war. Ich war so unendlich hungrig, dass ich bei einem Ess-Wettbewerb jeden Mann in den Schatten stellen würde. Auf keinen Fall würde ich mit dem Essen bis zum Abend warten. »Den Teufel werde ich tun. Ich bin mehr als fähig, mich selbst zu versorgen. Dieses herrische Weibsstück wird mir nicht vorschreiben, wann und was ich zu essen habe.«

Bri blickte zu Blaire hinüber, die wissend lachte. »Was habe ich dir gesagt, Blaire? Ich wusste, dass sie so etwas sagen würde.«

Ich räusperte mich, um ihre Aufmerksamkeit wieder auf mich zu lenken. »Ähm ... entschuldigt mal. Ich bin genau hier, wie ihr sicher bemerkt habt. Was macht ihr zwei denn hier?«

Ich wusste sehr wohl, warum sie gekommen waren, aber Blaire kam mir entgegen, indem sie meine Frage beantwortete. »Was glaubst du, warum wir gekommen sind? Wir wollen alles über euren gestrigen Nachmittag erfahren.«

Ich konnte mir ein Grinsen nicht verkneifen, als ich an den Tag zurückdachte. Es war ein wunderbarer Nachmittag gewesen und ich hatte schon lange nicht mehr so viel gelacht. Der Muskelkater in meinem Bauch würde sich noch eine Woche lang bemerkbar machen. Mein Körper schmerzte von Kopf bis Fuß, geplagt von unzähligen blauen Flecken, die ich mir bei den vielen Stürzen in den Schnee zugezogen hatte, aber jeder schmerzende Muskel war den Spaß wert gewesen. »Na ja, wir haben ehrlich gesagt nicht viel gemacht. Aber wir sind den riesigen Hügel in der Nähe der Hütte ungefähr tausendmal hinunter gerodelt.«

Bri lächelte, während sie ihren großen Bauch hielt. »Hattest du Spaß?«

»Aye, natürlich hatte sie das. Sie kann sich das Grinsen nicht verkneifen.« Blaire zwinkerte mir zu, deutete aber besorgt auf mein Gesicht. »Du scheinst aber ein bisschen zu viel Spaß gehabt zu haben, Adelle. Du bist mächtig rot.«

Ich berührte mein Gesicht, wobei ich vor Schmerz

zusammenzuckte. Meine Wangen fühlten sich ziemlich aufgequollen an. In dieser Zeit gab es kaum die Möglichkeit, sich vor der Sonne zu schützen, und ich hatte nicht daran gedacht, mein Gesicht zu bedecken, selbst als ich erfahren hatte, dass wir den Tag mit Schlittenfahren verbringen würden. »Oje, ich muss mal sehen, ob Mary eine Kräutersalbe hat, die ich auftragen kann, um das etwas zu lindern. Wie schlimm sehe ich aus?«

»Total schrecklich.«

Meine Augen weiteten sich vor Überraschung. Mit jedem Tag der Schwangerschaft wurde Bri unangenehmer, und sie wurde immer unverblümter mit ihren Worten. »Autsch. Danke, Bri, aber ich bin wohl selbst schuld. Ich habe wirklich überhaupt nicht an Sonnencreme gedacht.«

Blaire sah Bri mit schockierten Augen an und tat ihr Bestes, mich zu trösten. »Es ist gar nicht so schlimm, Adelle. Es wird irgendwann von selbst heilen.«

»Irgendwann?« Das reichte mir nicht. Bis heute Abend musste es komplett verheilt sein. Nachdem wir unseren Rodelnachmittag beendet hatten, hatte Hew sehr ernst und nervös darum gebeten, heute Abend in der Hütte mit mir zu Abend zu essen. Er hatte gesagt, dass er mir etwas sehr Wichtiges zu sagen hätte.

»Aye.« Blaire betrachtete mich nervös.

Ich wusste, dass es nicht ihre Schuld war, aber sie konnte mir ansehen, dass ich aufgewühlt war und dass es einige Zeit dauern würde, bis es verheilt war.

»Ich weiß, dass das nicht angenehm für dich ist, aber es wird mindestens eine Woche dauern, bis du wieder so aussiehst wie vorher, fürchte ich.«

»Na toll.« Ich wusste nicht, was ich noch sagen sollte. Gegen meine Dummheit war nichts zu machen. Ich würde verdammt gruselig aussehen, wenn ich heute Abend in der Hütte ankommen würde. Vielleicht könnten wir draußen im Dunkeln essen. Selbst wenn wir beide erfroren, wäre das besser, als den armen Mann mit der Abscheulichkeit, die mein Gesicht nun war, zu Tode zu erschrecken.

———

»Bist du dir sicher, Bruder? Du kennst sie noch nicht sehr lange. Es ist keine leichtfertige Entscheidung, sich zu entschließen, das Zuhause zu verlassen, das du so lange gekannt hast.«

Hew ging nervös in der Hütte auf und ab. Er wusste, dass es eine voreilige Entscheidung war, aber seit vielen Jahren hatte sich nichts mehr so richtig für ihn angefühlt. Er liebte die Frau sehr, und das würde er ihr heute Abend auch sagen. »Aye, Mary, ich bin mir sicher. Zu Hause gibt es nichts mehr für mich. Nicht seit dem Tag, an dem Mae von mir gegangen ist. Es war töricht von mir, so viele Jahre nach ihrem Tod dort zu bleiben. Es schmerzt mich, an all die Freude zu denken, die ich verpasst habe, weil ich zu ängstlich war, mich von meiner Einsamkeit zu verabschieden. Ich habe viel Zeit vergeudet.«

Seine Schwester streckte die Hand aus und legte sie zum Trost auf seinen Arm. »Nein, Bruder, du hast keine Zeit verschwendest. Die Dinge geschehen so, wie sie vorgesehen sind. Wenn du wirklich so für Adelle empfindest, wie du es zu tun scheinst, dann glaube ich nicht, dass es dir vorher bestimmt war, dein Zuhause zu verlassen. Hättest du das getan, hättest du sie nicht gefunden.«

Marys Worte trösteten ihn. Es war eine freundliche Art, über all die Fehler nachzudenken, die er gemacht hatte.

Unabhängig davon war er dankbar, dass er die Frau nun getroffen hatte. »Aye, Mary. Jetzt kann ich mir nicht vorstellen, sie nicht zu kennen. Wenn ich zustimme, hier auf der Burg zu arbeiten, glaubst du, dass Eoin und Arran mich diese Hütte zu meinem Zuhause machen lassen werden?«

Er lächelte, als Mary lachte. Er hätte eine solche Antwort von seiner temperamentvollen Schwester erwarten sollen. »Es ist nicht nötig, dass du einen von ihnen fragst. Du bist hier willkommen, weil ich es sage und das ist die einzige Erlaubnis, die du brauchst. Die beiden Jungen wissen das schon seit ihrer Kindheit. Ich bin die wahre Gutsherrin der Conall Burg.«

»Ich glaube, du hast recht, Mary. Sie scheinen sich alle vor dir zu verneigen, ungeachtet der Schwierigkeiten, die du ihnen zu bereiten scheinst. Erlaube mir nun, dich zurück zur Burg zu begleiten, Gutsherrin. Ich muss über vieles nachdenken. Es wird einige Zeit dauern, bis ich die richtige Ausdrucksweise gefunden habe, um zu sagen, was ich sagen muss.«

KAPITEL 18

»Was in Gottes Namen ist los mit dir, Adelle? Nimm die Verkleidung von deinem Kopf.«

Ich wusste, dass ich lächerlich aussah. Wie bei einem billigen Halloweenkostüm hatte ich den hauchdünnen Stoff über meinen Kopf drapiert, aber ich wollte ihn auf keinen Fall abnehmen. Ich war eine eitle Frau, und ich scheute mich nicht, das zuzugeben. Was auch immer er zu mir zu sagen hatte, er konnte es mir so sagen, wie ich war, oder gar nicht. »Nein, ich werde nichts dergleichen tun.«

Ich schritt an ihm vorbei in die Hütte, setzte den wachsenden Bratach auf den Boden, der sich augenblicklich dem üblichen Versteckspiel mit seinem Bruder widmete.

Hew schloss die Tür zur Hütte und drehte sich zu mir um. Die Frustration stand ihm deutlich ins Gesicht geschrieben. »Du siehst lächerlich aus, Mädchen. Ich möchte dir etwas Wichtiges sagen und ich möchte dich nicht verhüllt ansprechen. Du siehst aus wie ein kleines Gespenst.«

Ich blickte zu ihm auf und konnte ihn durch die kleinen

Löcher im Stoff kaum erkennen, aber sie erlaubten mir, sein perfektes Gesicht zu erkennen. Ich sprach ein wenig lauter als nötig. »Wie kann dein Gesicht nicht rot wie eine Rübe sein? Du warst gestern draußen im selben Schnee und unter derselben Sonne. An dir ist keine Spur davon zu sehen!«

Er lachte und begriff, worum es hier ging. »Ach, ich verstehe. Hat die Sonne deine Haut verbrannt? Ich hätte darauf bestehen sollen, dass du sie bedeckst, aber ich habe nicht daran gedacht. Ich verbringe einen Großteil meiner Tage im Freien. Ich nehme an, meine Haut hat sich an die Sonnenstrahlen gewöhnt.«

»Nun, wie schön für dich. Lass uns essen.« Nicht nur der Anblick meines Gesichtes versetzte mich in eine miese Stimmung, sondern auch der Schmerz, den es mir bereitete. Ich war noch nie in meinem Leben so verbrannt worden.

»Es wird dir sehr schwerfallen, mit dieser Bedeckung zu essen. Nimm sie einfach ab, Adelle. Glaubst du wirklich, dass es mir so wichtig ist, wie dein Gesicht aussieht?«

Ich nickte nachdrücklich. »Natürlich ist dir das wichtig. Allen Männern ist das wichtig.«

Er rollte mit den Augen, setzte sich an den Tisch und begann sofort zu essen, ohne darauf zu warten, dass ich mich zu ihm setzte. Er antwortete zwischen zwei Bissen. »Wie du willst. Iss, wenn du willst. Wenn du das wirklich glaubst, Adelle, dann hast du noch nicht die richtigen Männer kennengelernt. Mir gefällt dein Gesicht, aber es ist nicht mein Lieblingsteil von dir.«

»Oh, gut. Du stehst also auf Brüste, nehme ich an? Oder magst du meinen Hintern lieber?« Ich ahmte seinen Akzent nach, ohne zu wissen, warum ich das Bedürfnis hatte, ihn zu provozieren.

»Deine ›Brüste‹«, das Wort klang seltsam auf seiner Zunge, »und dein ›Hintern‹ sind nicht das Beeindruckendste, Mädchen. Es ist dein Mund, den ich genieße.«

Meine Augenbrauen berührten sich beinahe in der Mitte. »Mein Mund? Meine Lippen sind ziemlich dünn. Du hast einen seltsamen Geschmack.«

Er stand auf, und ich dachte, dass ich ihn vielleicht zu weit getrieben hatte.

»Aye? Und du bist eine Närrin, Adelle. Ich meine nicht deine Lippen. Ich meine die schockierenden Worte, die du immer mit ihnen zu bilden scheinst. Ich habe noch nie eine Frau gekannt, die so vorlaut ist.«

Ich blickte verlegen zu Boden. »Ja. Ich weiß. Das war schon immer ein Problem. Es ist ein bisschen abschreckend, nicht wahr?«

Er runzelte noch einmal die Stirn und ging vor mir in die Hocke, um meine Hände in seine zu nehmen. »Ich weiß nicht, was genau du mit ›abschreckend‹ meinst, aber nein, ich liebe die Art, wie du sprichst. Ich werde dir nicht sagen, was ich dir sagen will, wenn du dieses verdammte Tuch auf deinem Kopf trägst.«

Er riss es weg, ehe ich darüber nachdenken konnte. Er taumelte angewidert zurück und fiel fast rückwärts auf seinen Hintern. »Ach, Mädchen, du siehst grauenvoll aus. Vergiss, was ich gesagt habe. Ich habe dir nichts mehr zu sagen.«

Meine Augen weiteten sich vor Schreck und Schmerz. Schnell rappelte er sich auf und nahm mich in seine Arme, wobei er leise lachte. »Oh, Mädchen, verzeih mir. Blicke nicht so aufgebracht drein. Ich konnte nicht widerstehen, nachdem du mich vorhin so beschimpft hast. Du siehst gut aus. Das tust du immer.«

Ich riss mich nicht von ihm los, sondern verdrehte die Augen. »Nein, ich finde ehrlich gesagt nicht, dass ich gut aussehe. Mein Gesicht ist so rot, dass ich aussehe, als wäre ich auf der Sonne geboren und ziemlich geschwollen ist es auch noch.«

»Sag mir nicht, was ich denke, Mädchen. Ich würde dich nicht anlügen. Es ist mir egal, ob die Rötung nie verblasst, obwohl sie das wird. Ich würde immer noch denken, dass du gut aussiehst. Jetzt sei still und lass mich dir sagen, weshalb ich dich hier hergebeten habe.«

Ich gab nach. Ich glaubte im Moment kein Wort von dem, was er über mein Gesicht sagte, aber ich wollte mich nicht mehr mit ihm streiten. Ich war gespannt auf das, was er zu sagen hatte. »Na gut, schön. Was ist los?«

Er trat weg und setzte sich auf die Bettkante, wobei er meine Hände festhielt, damit ich mich neben ihn setzte. »Ich habe beschlossen, dass ich nicht mehr nach Hause zurückkehren werde, sobald der Schnee geschmolzen ist.«

Hoffnung flatterte in meiner Brust. Ich hatte jede Sekunde damit verbracht, nicht an den Tag zu denken, an dem er von hier weggehen würde und jede Nacht gebetet, dass der Schnee für immer liegen bleiben würde. »Wirklich? Warum?«

»Meinst du nicht, du weißt die Antwort auf diese Frage bereits?«

Er sah mir in die Augen. Ich konnte alles, was er sagen wollte, tief in ihnen sehen, aber ich wollte unbedingt, dass er die Worte aussprach. »Vielleicht, aber ich werde es nicht mit Sicherheit wissen, bis du es mir sagst.«

Er nahm einen tiefen, zittrigen Atemzug. Er war nervös, aber ich hatte nicht vor, einzuschreiten und ihn davonkommen zu lassen, ohne zu sagen, was er fühlte. Das hatte ich schon zu viele Männer tun lassen. Wenn er es ernst meinte, konnte er die Kraft finden, die Worte zu sagen. »Ich ... Ich weiß, dass ich dich noch nicht lange kenne, Adelle, aber es dauert nicht so lange, bis das Herz weiß, was es will. Ich bin in dich verliebt. Sehr sogar.«

Ich lächelte und starrte ihm tief in die Augen, während die Tränen, die ich zurückhielt, zu fallen drohten. Ich musste einen Moment zu lange geschwiegen haben, denn er sprach wieder mit zittriger Stimme.

»Ich erwarte nicht, dass du so schnell dasselbe empfindest. Vielleicht war es voreilig von mir, es dir so früh zu sagen, aber ich habe zu viele Jahre allein verbracht. Ich werde mir die Liebe keinen Moment länger verweigern, wenn ich sie haben kann.«

»Nein.« Ich hob die Hand und legte sie an seine Wange. »Nein. Es war überhaupt nicht zu schnell. Ich liebe dich auch, Hew.«

»Wirklich?«

»Ja, das tue ich. Ich glaube, ich habe dich vom ersten Moment an geliebt, als ich dich im Schnee gesehen habe, wie du dieses süße kleine Hündchen fest an deine Brust gedrückt hast.« Ich beugte mich vor und küsste ihn, musste mich aber bei dem Schmerz, der bei dem Druck durch meine Lippen schoss, zurückziehen.

»Ach, Mädchen. Es tut mir sehr leid, dass du solche Schmerzen hast. Küsse mich jetzt nicht. Ich hoffe, dafür ist später noch genug Zeit.«

»Es gibt nichts, was dir leidtun müsste, und ja, das denke ich auch.«

Sein Gesicht wurde wieder ernst. Einen Moment lang war ich besorgt.

»Ich werde nicht dorthin zurückkehren, wo ich hergekommen bin, aber bevor ich dies zu meinem Zuhause mache, muss ich die Reise beenden, die ich begonnen habe. Ich muss mich ein letztes Mal von Mae verabschieden. Ich hoffe, dass du nichts dagegen hast.«

Ich schüttelte den Kopf, überrascht, dass er das von mir dachte. »Natürlich nicht und natürlich musst du das tun. Wann wirst du aufbrechen?«

Er blickte hinaus in die Dunkelheit und den Schnee. Er zögerte, bevor er antwortete. »Bei Sonnenaufgang. Ich weiß, dass der Schnee noch nicht geschmolzen ist, aber es hat seit Tagen nicht mehr geschneit. Ich bin begierig, meine Reise zu beenden, damit ich ein neues Kapitel in meinem Leben beginnen kann.«

Etwas verdrehte sich unangenehm in meinem Magen, aber ich konnte die Quelle nicht identifizieren und tat mein Bestes, es aus meinen Gedanken zu verdrängen. »Du wirst vorsichtig sein, ja?«

Er lächelte und rieb mit seiner Hand sanft meinen Rücken auf und ab. »Aye, Mädchen. Natürlich werde ich das. Ich habe etwas sehr Wertvolles, zu dem ich jetzt zurückkehren muss.«

Ich wollte bis zum Morgen bei ihm bleiben, aber ich verließ ihn, kurz nachdem ich erfahren hatte, dass er bei Sonnenaufgang aufbrechen würde. Ich wollte, dass er ausgeruht war, bevor er in den Schnee hinauszog. Er hatte beide Welpen mit mir geschickt und Tearlach für die Dauer seiner Reise in meiner Obhut gelassen.

Ich schlief unruhig. Während ich mich die ganze Nacht wild

hin und her wälzte, schliefen beide Welpen tief und fest an meine Seite gekuschelt. Sie bewegten sich die ganze Nacht nicht und standen erst bei Sonnenaufgang auf. Gerade als die Sonne über den Horizont stieg, standen sie auf. Sie starrten zum Fenster in Richtung der Hütte und wimmerten kläglich.

Der Knoten in meinem Magen kehrte zurück.

KAPITEL 19

Hew brach genau bei Sonnenaufgang auf, so wie er es geplant hatte. Es war keine weite Reise zu Maes Ruhestätte. Bei schönem Wetter hätte er die Reise dorthin und zurück an einem Tag schaffen können, aber da der Schnee immer noch so hoch lag, wusste er, dass er mindestens zwei brauchen würde.

Nur zwei Tage von Adelle getrennt zu sein, schien ihm zu viel. Er fragte sich, ob sie enttäuscht war, dass er sie nicht gefragt hatte, ob sie ihn heiraten wollte. Er hoffte, dass sie es nicht war, denn er hatte die Absicht, dies zu tun, sobald er sich ein letztes Mal von Mae verabschiedet hatte.

Er wünschte sich von ganzem Herzen, Adelle zu heiraten, aber ein kleiner Teil von ihm wollte es sich nicht erlauben, sie darum zu bitten, während Mae noch in seinem Hinterkopf verweilte. Er wusste, dass sie sich für ihn gefreut hätte. Zu dieser Erkenntnis war er schon bald nach seiner Ankunft auf der Conall Burg gekommen, aber er wünschte sich, ein paar Momente allein mit Mae zu verbringen, damit er die Vergangenheit wirklich hinter sich lassen konnte.

Der Tag verging langsam, während er sich in einem Meer

aus vergangenen Erinnerungen verlor. Erinnerungen an die Einsamkeit und die Entscheidungen, die er getroffen hatte und die ihn in diese Lage gebracht hatten. Eine neue Zukunft lag vor ihm. Er konnte es kaum erwarten, sie mit ganzer Kraft zu umarmen.

Er hielt oft an, um seinem alternden Pferd die Möglichkeit zu geben, sich auszuruhen und die eisigen Brocken von den Hufen und dem Fell des Pferdes zu entfernen. Er verlangte viel von seinem geliebten Tier, ihn auf dieser Reise zu begleiten. Sein Pferd war alt. Hew wusste, dass es kaum mehr ein weiteres Jahr leben würde. Es schien angemessen, dass Greggorys letzte Reise auch die letzte Reise zu Maes Grab sein würde.

Langsam senkte sich die Dunkelheit über Hew und das große Tier. Er wusste, dass er für die Nacht anhalten sollte, aber es gab keinen guten Ort, der Schutz vor dem Schnee bot. Er wusste, dass es ein kleines Dorf außerhalb des Territoriums der Conalls gab. Also stupste er das Pferd an und betete mit jedem sanften Tritt seiner Fersen, dass sein Gefährte es in das Dorf schaffen würde.

Es geschah schnell. Das Pferd trat auf einen Felsen, der außer Sichtweite tief im Schnee vergraben gewesen war. Er hörte das Bein der Kreatur knacken und tat sein Bestes, sein eigenes Bein über eine Seite zu werfen, damit er absteigen konnte, bevor das Tier fiel, aber Hew war nicht schnell genug.

Gerade als er sein Bein über die Seite warf, fiel Greggory in die Richtung, in der er abstieg, sodass er unter dem Pferd feststeckte. Als seine Ellbogen in den nassen Schnee sanken, krachten sie unsanft gegen denselben Felsen, der sein Pferd zu Fall gebracht hatte. Seine linke Schulter kugelte sich beim Aufprall aus.

Schmerz durchströmte ihn. Das Gewicht seines Pferdes auf

ihm drückte den Atem aus seinen Lungen. Die Sterne am Himmel verschmolzen und verwandelten sich in Dunkelheit, als er das Bewusstsein verlor.

Gegenwart

»Morna ... Morna, wach auf, Mädchen!« Jerry rüttelte mit so viel Kraft, wie es seine dünnen Arme zuließen, an der Schulter seiner Frau. Er sah erschrocken zu, wie sie sich im Schlaf wälzte und Geräusche machte, als wäre sie verletzt. Er konnte sehen, wie ihre Augen unter ihren geschlossenen Lidern hin und her huschten, und er hielt vor Angst den Atem an, bis sie ihre Augen öffnete und ihn ansah.

»Ich muss meine Zaubersprüche zusammensammeln. Sie brauchen uns noch einmal.«

Jerry seufzte erleichtert auf und sein ganzer Körper zitterte von den Überresten seiner Sorge. Er hatte schon oft gesehen, wie sich seine Frau während ihrer Traumanfälle unruhig hin und her gewälzt hatte, aber nie so sehr, wie sie es gerade getan hatte. Für einen kurzen Moment hatte er sich Sorgen gemacht, dass es nicht die Magie war, die sie dazu veranlasst hatte, sondern vielleicht das Alter.

Er hatte die feste Absicht, vor seiner Geliebten aus diesem Leben zu scheiden. Er wusste, dass er keinen einzigen Tag ohne sie würde leben können. »Du hast mich zu Tode erschreckt, Morna. Ich hatte Angst ... Nun, ich möchte nicht darüber sprechen, was ich dachte.«

Er lächelte gegen ihre Hand, als sie ihre Handfläche an seine

Wange legte, denn sie wusste sehr wohl, was er meinte. »Das ist keine Sorge, die du haben solltest. Ich werde diese Welt nicht verlassen, bis ich dazu bereit bin, und das wird noch eine ganze Weile dauern. Komm.«

Sie stand auf und bedeutete ihm, ihr zu folgen. Er tat es, ohne zu fragen. Seine Frau trug eine große Last, eine, von der er unendlich dankbar war, dass er sie nicht besaß. »Was ist los?«

»Ein Junge, den ich als Kind kannte, hat sich in Adelle verguckt und ist in Not geraten. Ich muss sie warnen und Adelle die Träume schicken, die mir gerade gezeigt wurden, damit sie eine Chance haben, ihn rechtzeitig zu erreichen.«

Sie hielt nicht inne, um ihm mehr zu erklären, und er stellte keine weiteren Fragen. Dies war eine dringende Angelegenheit, aber er machte sich über solche Dinge nicht so viele Gedanken wie seine Frau. Er hatte noch nicht erlebt, dass einer ihrer Zauber schiefgegangen war.

KAPITEL 20

Ich hatte in der Nacht vor Hews Abreise so wenig geschlafen, dass ich am nächsten Tag auch dann noch nervös gewesen wäre, wenn die Welpen nicht genau den Moment seiner Abreise gewählt hätten, um wie verletzt zu winseln. Ich verbrachte den ganzen nächsten Tag krank vor Sorge und es erschöpfte mich. Meine einzige Erleichterung war, dass mein Gesicht nicht mehr schmerzte und die Schwellung im Laufe des Tages stark zurückgegangen war.

Als ich die Treppe zu meinem Schlafgemach hinaufging, einen Welpen unter jedem Arm, war ich mir sicher, dass ich eine weitere schlaflose Nacht in Sorge um Hew verbringen würde. Zu meiner Überraschung überkam mich ein so starkes Gefühl der Schläfrigkeit, dass ich schon halb eingeschlafen war, als ich meine Schlafzimmertür erreichte.

Es schien eine große Anstrengung zu sein, mein Nachthemd anzuziehen. Sobald mein Kopf das Kissen berührte, schlief ich ein.

Ich erwachte mitten in der Nacht mit Schweißperlen auf meiner Stirn. Die Bettdecke war vom Bett gefallen und lag zerwühlt auf dem Boden, als hätte ich im Schlaf eine große Schlacht ausgefochten. Schreie hatten mich aus meinem schrecklichen Traum gerissen und für einen Moment dachte ich, ich hätte meine eigenen Schreie gehört.

Auch jetzt verspürte ich das Bedürfnis zu schreien. Visionen von Hew, der unter dem Gewicht seines Pferdes zerquetscht wurde, unfähig, sich unter dem Tier herauszukämpfen, brannten sich in meinen Geist. Ich erstarrte im Bett und setzte mich auf, um zu lauschen.

Einen Moment lang war alles still, aber es dauerte nur eine Sekunde, bis ein weiterer Schrei durch die Burgflure riss.

Ich sprang aus dem Bett. Bri. Die Wehen mussten irgendwann in der Nacht eingesetzt haben. Ich konnte nur hoffen, dass sie gerade erst angefangen hatten und ich die Geburt nicht verpasst hatte.

Ich stürmte in ihr und Eoins Schlafgemach und war erleichtert zu sehen, dass Mary bereits Vorbereitungen traf und andere herumkommandierte, während Blaire Bri die Morna-Mischung verabreichte.

Ich rannte an ihre Seite und reichte ihr meine Hand. Augenblicklich drückte sie fest zu, als die Wehen sie erneut erfassten. »Wie geht es dir? Ist alles in Ordnung?«

Sie grunzte zwischen den Worten und Entschlossenheit stand ihr ins Gesicht geschrieben. Sie war mehr als bereit, das Kind zu bekommen. »Ja, so gut wie es sein kann, glaube ich. Gehst du raus und sagst Eoin, dass er seinen Hintern besser sofort hierher bewegen sollte? Mir ist es egal, ob es für Männer ungewöhnlich ist, während der Geburt am Bett zu bleiben.

Wenn er die Geburt seines Kindes verpasst, werde ich ihm das nie verzeihen.«

»Natürlich.« Ich musste mich von ihren Fingern losreißen und drehte mich nur kurz zu Mary um, bevor ich ging. »Ist es bald so weit, oder haben wir noch etwas Zeit, bis das Baby kommt?«

Mary musste gemerkt haben, dass mich etwas anderes bedrückte, denn sie antwortete mir schnell und winkte mich weiter, damit ich mich einer anderen Aufgabe widmen konnte. »Nein, sie ist noch nicht so nah dran, wie sie es gerne hätte. Wir haben noch etwas Zeit.«

Ich nickte und rannte aus dem Schlafgemach, wobei ich fast in die drei Männer – Eoin, Arran und Kip – rannte, die sich im Flur versammelt hatten. Ich wusste, dass ich zuerst tun musste, was Bri mir aufgetragen hatte. Obwohl ich mir sicher war, dass mein Traum etwas bedeutet hatte, konnte ich nicht sicher sein, dass das, was ich gesehen hatte, wirklich passiert war.

Ich packte Eoin am Arm, zog ihn von der Gruppe weg und gab ihm eine leichte Ohrfeige, während ich mit ihm schimpfte. »Was um alles in der Welt hast du dir dabei gedacht? Du gehst besser sofort zu Bri rein oder ich werde dich selbst dorthin zerren.«

Er sah mich nervös an. »Ich habe Angst, Adelle. Ich glaube nicht, dass ich es ertragen kann, sie in solchen Schmerzen zu sehen, und ich könnte nicht mit der Schuld leben, wenn ihr und dem Baby etwas zustoßen würde.«

Ich wurde leiser und hatte Mitleid mit ihm. Die Frauen vergaßen leicht, was für eine schreckliche Tortur die Geburt für den Vater war. »Ihnen wird nichts zustoßen. Mornas Trank wird bald gegen die Schmerzen helfen und alles wird gut gehen.

Glaube mir, wenn du das verpasst, wird Bri es nicht verstehen. Geh. Jetzt.«

Er nickte und eilte den Flur hinunter, sodass ich mich Arran und Kip zuwenden konnte. »Ich muss euch beide um etwas bitten. Ich weiß, dass ihr mich vielleicht für verrückt haltet, aber bitte, ich bitte euch, hört mir zu, bevor ihr mich zurückweist.«

Kip stand schweigend da und warf mir einen Blick zu. Ich wusste, dass er sich vor dem fürchtete, was ich ihm gleich sagen würde. Er wusste, dass es nur mehr Arbeit für ihn bedeuten würde.

Arran nickte und streckte die Hand aus, um mir beruhigend auf die Schulter zu legen. »Aye, natürlich, Adelle. Was ist los?«

»Ich hatte einen Traum, einen schrecklichen Traum. Er war so lebhaft wie noch nie zuvor. Es war dunkel, und Hew lag auf dem Rücken im Schnee. Sein Pferd war auf ihn gestürzt und erdrückte ihn, und einer seiner Arme hing seltsam an seiner Seite.« Laut auszusprechen, was ich gesehen hatte, ließ es noch realer erscheinen. Als ich fertig war, brach meine Stimme. Ich konnte nicht verhindern, dass mir eine Träne über das Gesicht lief.

Arran warf einen schnellen Blick zu Kip und sah mich dann wieder an. »Glaubst du, dass er in Gefahr ist, Mädchen, oder hattest du nur einen Traum, der dich aufgewühlt hat?«

Ich schüttelte den Kopf. »Ich weiß es nicht, aber ich habe Angst, dass es der Realität entsprechen könnte. Ich weiß, es klingt verrückt.«

Arran drückte mir die Schulter. »Nein, es ist nicht verrückt. Wir haben alle schon zu oft gesehen, wozu Morna fähig ist, um so zu denken. Kip und ich werden sofort losreiten.«

»Ich danke euch. Es tut mir leid, dass ich euch schicken muss, aber ich kann Bri im Moment nicht verlassen.«

Arran bewegte sich bereits den Korridor hinunter und Kip folgte ihm schweigend, als er mir noch einmal zurief: »Natürlich kannst du das nicht. Mach dir keine Sorgen. Wir werden ihn schon rechtzeitig finden.«

Ich glaubte, dass sie das tun würden. Sie mussten es. Ich konnte es nicht ertragen, etwas anderes zu erwarten.

KAPITEL 21

Sobald Mornas Medizin sich ihren Weg durch Bris Kreislauf gebahnt hatte, ließen ihre Schreie deutlich nach und die Dinge begannen sich ziemlich schnell zu bewegen.

Sie weitete sich schneller, als Mary erwartet hatte. Sehr zu ihrem Entsetzen war sie gezwungen, jeden von uns in irgendeiner Form um Hilfe zu bitten. Blaire tat alles, was Mary von ihr verlangte, während Eoin und ich auf beiden Seiten von Bri saßen und sie bei jedem Wehenschub unterstützten und beruhigten.

Als es für Bri an der Zeit war zu pressen, bestaunte ich ihre Stärke. Es war wie ein Wunder. Die Liebe, die den Raum in dem Moment erfüllte, in dem das winzige Bündel auf diese Welt kam, reichte mir aus, um meine Sorgen um Hew für einen Moment zu verdrängen.

Während ich hier war, gab es nichts, was ich tun konnte, und mein Herz zersprang fast in meiner Brust, als ich meine Enkelin zum ersten Mal in den Armen hielt.

Ich hatte schon einmal gehört, dass Enkelkinder einen mit einer Art von Liebe erfüllen, die nicht einmal von den eigenen

Kindern erreicht werden konnte. Ich hatte es immer für eine verrückte Vorstellung gehalten, aber als ich ihre winzigen Finger umklammerte, verstand ich es endlich.

Einen kleinen Menschen im Arm zu halten, der aus einem Stück von mir stammte, erlaubte mir für einen Moment zu glauben, dass ich wirklich ewig weiterleben würde. In Bri, in ihrer Tochter und in den Kindern, die dieses Kind eines Tages haben würde. Es war alles, was man sich im Leben wünschen konnte, mehr als ich je zu bekommen geglaubt hatte.

»Mom, du weinst mehr als ich, mehr als Eoin.«

Ich blickte hinüber, um zu sehen, dass Eoin praktisch in der Ecke schluchzte und lachte, als ich das Kind in Bris liebevolle Arme legte. »Das ist mir egal. Ich habe in meinem ganzen Leben noch nie etwas so Perfektes gesehen.«

Bri lächelte und beugte sich vor, um ihrer Tochter einen Kuss auf den Kopf zu geben. »Ich weiß. Ich auch nicht. Wo ist Arran? Ich bin sicher, er ist bereit, seine Nichte kennenzulernen.«

Ich wollte keinen von ihnen mit schlechten Nachrichten belasten, aber ich wusste, dass ich es ihnen sagen musste. »Es ist sicher nichts, worüber man sich Sorgen machen müsste, aber ich hatte einen Traum von Hew. Ich habe mir Sorgen gemacht, dass ihm auf seiner Reise vielleicht etwas zugestoßen ist. Arran und Kip sind ihm hinterhergeritten, um sich zu vergewissern, dass es ihm gut geht.«

Bri sah mich aufmerksam an und blickte eindeutig hinter die ruhige Fassade, die ich mit aller Kraft aufzusetzen versuchte. »Geh.«

Ich schüttelte den Kopf und wies sie ab. »Nein, ich werde dich nicht so schnell verlassen. Du hast gerade ein Baby bekommen, um Himmels willen.«

Sie hob ihre linke Hand und scheuchte mich aus dem Zimmer. »Mom, geh. Hier ist alles in Ordnung. Ich weiß, dass du da sein musst. Versprich mir nur, dass du vorsichtig sein wirst.«

Ich konnte nicht leugnen, dass sie recht hatte. Ich beugte mich schnell vor, um sie und das Baby auf die Stirn zu küssen, bevor ich mich umdrehte, um das Zimmer zu verlassen. »Das werde ich.«

Ich rannte zu den Ställen, bestieg das erste Pferd, das ich sah und ritt mit voller Geschwindigkeit davon.

KAPITEL 22

Ich hatte das Schloss vor Sonnenaufgang verlassen und es dämmerte schon fast, als ich sie fand. Die Erscheinung vor mir war genau so, wie ich sie in meinem Traum gesehen hatte. Ich hatte recht gehabt. Ich war mir sicher, dass es Morna gewesen war, die ihn mir geschickt hatte.

»Ist er ...« Ich konnte die Worte kaum aus meinem Mund zwingen. »Ist er am Leben?«

»Aye, Mädchen. Ich bin sehr lebendig und habe vor, es auch zu bleiben.«

Als Hews Stimme antwortete, reichte die Erleichterung fast aus, um mich in die Knie zu zwingen.

Meine Beine zitterten, als ich mich ihm näherte. Das Adrenalin, das mir erlaubt hatte, so schnell zu ihm zu reiten, war plötzlich verschwunden. Ich kniete mich neben ihn und umfasste beide Seiten seines Gesichts, während ich ihn auf Verletzungen untersuchte. Ich sprach zu Arran und Kip hinter mir: »Warum habt ihr das Pferd nicht von ihm heruntergezogen? Er wird seine Beine verlieren, wenn das Pferd noch länger auf ihm bleibt.«

»Wir sind auch gerade erst angekommen. Du musst schon sehr schnell geritten sein, um uns eingeholt zu haben.«

Hew streckte seine rechte Hand nach oben, um mein Gesicht zu berühren. Der andere Arm war immer noch ausgekugelt. »Nay, Mädchen. Hätte ich meine Schulter nicht ausgekugelt, hätte ich mich unter ihm wegbewegen können. Ich werde meine Beine nicht verlieren.«

»Das freut mich zu hören.« Ich trat aus dem Weg, damit Arran und Kip auf beide Seiten von ihm gelangen konnten. Gemeinsam hoben sie ihn an, wobei sie seine verletzte Schulter schonten, damit sie ihn unter dem Pferd hervorziehen konnten, dessen Atmung flach war. Mein Herz zuckte vor Trauer um die Schmerzen der Kreatur. Sein Leiden würde beendet werden müssen.

Sobald seine Beine frei waren, ließ Arran mich zu Hews rechter Seite gehen, damit ich ihn ruhig halten konnte, während Kip seine Füße sicherte. Sobald er so unbeweglich wie nur möglich war, bat Arran ihn, auf einen Lappen zu beißen, während er die Schulter ruckartig einrenkte. Es war ein furchtbares Geräusch, aber nach dem anfänglichen Schmerz wurde die Erleichterung sofort auf Hews Gesicht sichtbar.

Die beiden Männer zogen ihn auf die Beine. Er gab seinem Blut ein paar Augenblicke Zeit, um wieder ordentlich zu zirkulieren, bevor er sich bewegte, um wieder auf die Beine zu kommen.

Schließlich drehte er sich um und wandte sich an uns alle. »Ich bin euch sehr dankbar für eure Hilfe. Ich hasse es, euch darum zu bitten, aber würde es euch etwas ausmachen, ein Stück vorauszureiten, nur für ein paar Augenblicke?«

»Warum?« Das Wort rutschte mir schnell heraus, aber als ich

sah, wie er mit einer tiefen Traurigkeit in seinen Augen auf sein Pferd hinunterblickte, wusste ich es.

»Ich muss es sein, der es für ihn beendet, und ich möchte es allein tun.«

Schweigend drehten wir uns um und ließen ihn zurück.

Er brauchte nicht lange. Als er wieder zu uns stieß, machten wir Pläne, in dem Dorf zu übernachten, zu dem Hew unterwegs gewesen war, bevor sein Pferd gestürzt war. Da wir bereits in der Nähe von Maes Grab waren, war Hew fest entschlossen, die Reise zu beenden, die er sich vorgenommen hatte.

Obwohl ich den Gedanken nicht ertragen konnte, ihn noch einmal allein zu lassen, verstand ich sein Bedürfnis, dies ein letztes Mal zu tun.

Arran, Kip und ich waren schon ein paar Stunden in dem kleinen Gasthaus, als Hew ankam. Er sagte wenig, als er eintrat, fragte nur, welches sein Gemach sei und ließ uns im Gastraum zurück, um sich für den Abend zurückzuziehen.

Wir folgten ihm und trennten uns, als wir uns auf den Weg zu unseren Zimmern machten. Wir waren alle erschöpft. Ich konnte ihm nicht verübeln, dass er nicht mit uns sprechen hatte wollen, als er angekommen war. Ich war einfach nur froh zu wissen, dass er in Sicherheit war.

Er hatte in den letzten Tagen viel gelitten. Er war sicher angeschlagen, müde und untröstlich über den Verlust seines geliebten Pferdes, ganz zu schweigen von der Melancholie, die er nach dem Besuch von Maes Grab verspüren musste.

Aus diesem Grund erwartete ich, dass Arran oder Kip vor

der Tür stehen würde, als ich ein leises Klopfen hörte, gerade als ich die letzte Kerze für diesen Abend ausgeblasen hatte. Doch als ich die Tür öffnete, stand Hew vor mir, seine Augen hungrig und voller Verlangen.

KAPITEL 23

»Du solltest im Bett liegen. Du bist verletzt und es war ein langer Tag.«

Er antwortete mir nicht, betrat nur das Zimmer und schloss die Tür hinter sich. Er streckte seinen guten Arm nach mir aus und zog mich dicht an sich heran, um mich leidenschaftlich zu küssen.

Nach einem Augenblick zog er sich atemlos zurück. »Sag mir nicht, was ich tun soll. Ich musste dich sehen.«

Er ließ mich los und ich trat einen Schritt zurück, in der Hoffnung, dass ein wenig Abstand zwischen uns das Feuer, das er in mir entfacht hatte, dämpfen würde. Doch es half nichts. »Ist alles in Ordnung?«

»Aye, Mädchen. Bist du bereit, mich zu heiraten?«

Die Worte überrumpelten mich. Er sprach sie so schnell aus, dass ich mich einen Moment lang fragte, ob er sie vielleicht gar nicht hatte sagen wollen. »Was? Was hast du gerade gesagt?«

Es brauchte nur zwei Schritte, bis er vor mir stand und meine beiden Hände fest umklammert hielt. »Du hast mich gehört, Mädchen, aber ich werde dich noch einmal fragen. Bist du bereit, mich zu heiraten, Adelle?«

Das Flehen in seinen Augen brach mir fast das Herz. Nach allem machte er sich immer noch Sorgen, dass ich nein sagen könnte. »Ja, natürlich.«

»Wirklich, das willst du?«

»Aye«, ahmte ich seinen Akzent scherzhaft nach und gab ihm einen sanften Kuss, bevor ich mich auf meine Zehenspitzen stellte, um ihm ins Ohr zu flüstern. »Ich will nichts mehr, als deine Frau zu sein.«

Sofort kehrte das Verlangen zurück, das ich in seinen Augen gesehen hatte, als ich die Tür geöffnet hatte. Er küsste mich wild und ohne jegliche Zurückhaltung. Er hielt mich an sich gedrückt, während er in meinen Mund stöhnte und seine Hüften gegen mich drückte. Das Gefühl ließ mich aufstöhnen.

»Ich bin sehr erfreut, das zu hören, denn ich würde nicht mit dir schlafen wollen, wenn du nicht meine Frau werden würdest. Nun, da wir das geklärt haben, glaube ich nicht, dass ich warten kann, bis wir verheiratet sind. Aber ich werde dich nicht anfassen, wenn du es nicht willst.«

»Du machst Witze, oder?« Meine Finger begannen sofort, ihm beim Ausziehen seines Hemdes zu helfen. Es fühlte sich an, als hätte ich jahrelang darauf gewartet, zu sehen, was sich darunter verbarg, und ich konnte mir das scharfe Einatmen nicht verkneifen, das sein Anblick in mir auslöste. Er war wunderschön und perfekt, und jetzt gehörte er mir.

Er lachte über meine Voreiligkeit. »Eins nach dem anderen. Dreh dich um.«

Er tat sein Bestes, um meine Schnürungen zu lösen, aber seine Schulter war immer noch so wund, dass er kaum eine seiner Hände benutzen konnte. »Geh ins Bett!«, forderte ich.

Er schüttelte den Kopf und hielt meinen Befehl für eine Ablehnung seiner Fähigkeit, trotz seiner Verletzungen Liebe zu machen. »Nay. Mir geht es gut genug, um mit dir zu schlafen. Der Gedanke daran war das Einzige, was mich davor bewahrt hat, der eisigen Kälte zu erliegen, die mich in den Tod locken wollte. Es ist mir egal, ob meine Schulter mich behindert. Ich muss in dir sein, Adelle.«

»Oh, mach dir keine Sorgen. Das wirst du auch. Zieh dich aus und leg dich ins Bett.«

Er lachte, gehorchte jedoch. Ich musste mich zurückhalten, um nicht die Hand auszustrecken und ihm auf seinen schönen Hintern zu klatschen, als er sich auszog. Sein Körper war gealtert, kein Zweifel, aber ich hätte es nicht anders gewollt. Für mich machte es seine Männlichkeit nur noch deutlicher.

»Du bist eine herrische Frau, nicht wahr?«

Ich antwortete ihm nicht, grinste nur verrucht und nickte, während ich die Schnürungen meines Kleides langsam öffnete. Ich genoss es, seinen ehrfürchtigen Gesichtsausdruck zu beobachten, während ich mich langsam auszog.

Ich ließ ihm einen Moment Zeit, mich anzustarren. Die Bewunderung in seinen Augen reichte aus, um mir das Gefühl zu geben, dass ich die schönste Frau auf Erden war. Ich ging quer durch den Raum, um die letzte Kerze auszublasen. Als die Dunkelheit den Raum verschlang, schlüpfte ich zu ihm ins Bett und setzte mich auf ihn, um seine empfindliche Schulter zu schonen.

Ich lehnte mich nach vorne und drückte meine nackten Brüste gegen seine Brust. Ich küsste ihn und stöhnte, als er seine Finger tief in meinem Haar vergrub und meinen Kopf nach hinten zog, um meinen Hals freizulegen, während er mich entlang meines Schlüsselbeins küsste.

Ich wand mich auf ihm und als er es nicht mehr aushielt, richtete ich mich auf, sodass ich mich auf seine Länge herabsenken konnte. Wir bewegten uns sanft und verloren uns in der Neugierde auf den anderen.

Es spielte keine Rolle, dass die Kerzen nicht brannten, denn der Raum war von unserer Liebe zueinander erleuchtet.

KAPITEL 24

Wir wurden am Neujahrstag im großen Saal der Conall Burg getraut, umgeben von all den Menschen, die wir am meisten auf der Welt liebten. Das Ehegelübde war einfach, aber mehr als die wenigen Worte, die wir zueinander sprachen, hatte ich nie gewollt.

»Ich weiß nicht, wohin mich das Leben führen wird, aber ich will dich an meiner Seite haben, egal, was kommen mag. Von diesem Tag an gehört meine Seele nur dir. Ich binde mich an dich, jetzt und für alle Zeit. Gemeinsam sind wir nun eins.«

Ich wusste nicht, woher das Gelübde stammte, und zweifellos hatte ich den Akzent schlecht wiedergegeben, aber Hew war das egal, und mir auch.

Als er sich zu mir herunterbeugte, um mich zu küssen, quiekte die kleine Ellie Adelle Conall, die nach Eoins Mutter Elspeth und mir benannt worden war, als wäre sie gekniffen worden. Unsere Welpen jaulten lautstark auf.

Ein glückliches Chaos umgab uns, und es war genau so, wie wir es uns gewünscht hatten.

Ich hatte recht gehabt. Es erwies sich als das beste Weihnachten, das man auf Conall Castle je gesehen hatte.

ENDE

VORSCHAU AUF LIEBE JENSEITS DER HOFFNUNG (BUCH 4)

Kapitel 1

Austin, Texas – Gegenwart

Zwei Gedanken schossen mir durch den Kopf, als meine zitternden Finger nach dem Brief und dem Schlüsselbund griffen, den mein Mann in meine Richtung streckte. Der erste war, dass ich vorhatte, meinen Schuh auszuziehen und ihm das spitze Ende des Absatzes tief in den Schädel zu rammen, wenn Brian noch ein Wort sagen würde. Der zweite war, dass ich mich so sehr für meine eigene Dummheit schämte, dass ich fast genauso geneigt war, den Absatz des anderen Schuhs in meinen eigenen Kopf zu rammen.

Wie hatte ich nur so viele Monate verstreichen lassen können, in denen er die lächerlichsten Ausreden vorgebracht hatte, um zu rechtfertigen, warum er nicht rechtzeitig nach

Hause gekommen war, ohne dass ich etwas bemerkt hatte? Was für eine dumme, verzweifelte Idiotin ich gewesen sein musste, dass ich es ihm so leicht gemacht hatte, sein Gelübde zu brechen. Ich bin sicher, er war überglücklich, eine so verständnisvolle, vertrauensvolle Frau geheiratet zu haben.

Jetzt, da ich es wusste, schienen die Hinweise eines ganzen Jahres überdeutlich zu sein. Obwohl wir nie wirklich glücklich gewesen waren, hätte ich ihm einen solchen Verrat nie zugetraut. Er war ein Arsch, so viel war sicher, aber ein Betrüger und ein Lügner? Das hatte ich nicht in ihm gesehen.

Ich hatte Zeit, mich mit seiner Affäre abzufinden. Wochenlange Verhandlungen mit Anwälten und das Zusammenpacken meiner Habseligkeiten ließen mich schnell erkennen, dass ich froh war, ihn los zu sein. Jedoch war es die Offenbarung dieser neuen Informationen, die ich nun in der Hand hielt, die mich vor Wut und unvergossener Tränen erzittern ließ.

»Bist du wirklich so überrascht? Was hätte Bri sonst mit dem Haus machen sollen, nachdem sie umgezogen war? Sie ist zu schnell gegangen, um das Haus zu verkaufen, und es ist nicht so, als hätte sie sonderlich viele Freunde gehabt. Warum hätte ich es nicht nutzen sollen?«

Ich umklammerte den Schlüssel so fest, dass sich seine Rillen tief in meine Hand gruben und in die Haut drückten. Ich war mir sicher, dass er den Dampf sehen konnte, der aus meinen Ohren kam, aber ich weigerte mich, ihn anzuschreien, wie er es erwartete. Brian würde es als einen weiteren meiner ›Rotschopf‹-Momente bezeichnen und mir sagen, dass dies nur ein weiterer Grund dafür wäre, warum ich ihn zu seiner Affäre getrieben hätte. Diese Genugtuung würde ich ihm nicht geben.

»Nein«, sagte ich ruhig und atmete langsam aus, damit der

Luftstoß nicht als lauter Seufzer der Frustration entwich. »Ich bin überhaupt nicht überrascht, ich hatte nur noch nie darüber nachgedacht. Was mich wundert, ist, dass du es für angebracht hieltst, mir diesen Brief vorzuenthalten. Er ist nicht an dich adressiert.«

Er gluckste einmal, bevor er antwortete, und ich bohrte meinen Absatz in den Boden, um mich davon abzuhalten, ihn loszureißen und Brian damit anzugreifen.

»Du hast recht. Das ist es nicht, aber wir waren verheiratet, als es mit der Post kam, und was dir gehört, gehört auch mir, richtig? Außerdem haben Leah und ich einen Ort zum Schlafen gebraucht. Es ist ja nicht so, als könnten wir hierher zurückkommen, wenn du immer im Haus herumsitzt und auf mich wartest.«

Mein Gesicht hätte nicht heißer werden können, aber ich erhob meine Stimme trotzdem nicht. »Du kannst alles rechtfertigen, nicht wahr? Bri würde dich selbst erwürgen, wenn sie wüsste, dass du dich dort aufgehalten hast.«

Ich wandte mich von ihm ab und ging durch den Raum, um die letzten meiner Habseligkeiten, die ich unordentlich in einen großen Stoffbeutel gepackt hatte, über meine Schulter zu schwingen, damit ich mich auf den Weg zur Tür machen konnte. Ich hatte den Brief noch nicht einmal gelesen. Sobald ich Bri Conalls Handschrift und den Schlüssel im Umschlag gesehen hatte, wusste ich, dass meine Freundin ihr Haus in meine Obhut gegeben hatte. Das Datum am oberen Rand des Briefes war der Beweis dafür, wie lange Brian ihn mir vorenthalten hatte.

Es gab so viel mehr, was ich ihm an den Kopf werfen wollte, aber ich wusste, dass nichts davon etwas nützen würde. Er würde nie einsehen, was für ein schrecklicher Mensch er war, und ich hatte genug von ihm – von allem. Ich wollte nur noch aus diesem Haus verschwinden, ohne ein weiteres Wort zu sagen. Ich wollte ihn nie wieder sehen.

»Ich war nicht der Einzige, der fremdgegangen ist. Vielleicht hast du es nicht in der Realität getan, aber in Gedanken schon. Jedes Mal, wenn ich dich im Arm gehalten habe, konnte ich *ihn* hinter deinen Augen sehen. Es ist wirklich jammerschade. Er wollte dich auch nicht. Deshalb bist du zu mir gerannt, nicht wahr?«

Er sprach mit meinem Rücken, dem ich ihm zugekehrt hatte, und ich antwortete nicht. Wenn Brian mich nur in Ruhe lassen und nichts mehr sagen würde, würde ich es vielleicht schaffen, aus dem Zimmer und zu meinem Auto zu kommen, ohne in Tränen auszubrechen. Aber wusste, dass er nicht so großzügig sein würde.

»Sie ist verrückt. Sie schwafelt in dem Brief davon, dass du sie auf der Burg besuchen kommen sollst, und dass dir das siebzehnte Jahrhundert gefallen würde. Bri ist völlig übergeschnappt. Kein Wunder, dass ihr beide so gute Freunde wart.«

Ich kehrte ihm weiterhin den Rücken zu, als ich nach der Türklinke griff. Ein Kloß bildete sich in meinem Hals, als er erneut lachte und ich schluckte ihn hinunter. »Auf Wiedersehen, Brian.« Ich drehte mich nicht um, als ich zur Tür hinausging, ins Auto stieg, den Motor startete und so schnell wie möglich aus der Einfahrt fuhr.

Im Rückspiegel konnte ich sehen, wie seine Geliebte, Leah, in die Einfahrt bog. Sie hatte meinen Platz in unserem Haus so schnell eingenommen, als wäre ich nie da gewesen. Ich konnte mich nicht dazu durchringen, ihr gegenüber Hass zu empfinden – nur Mitleid. Gott würde ihr beistehen müssen, denn das arme

Mädchen hatte keine Ahnung, worauf sie sich da eingelassen hatte.

So ungern ich auch in Bris altem Zuhause übernachten wollte – vor allem, nachdem ich erfahren hatte, wozu Brian es benutzt hatte – war ich doch erleichtert, dass ich meine Hotelreservierung stornieren konnte. Lehrer verdienten nicht viel. Und Hilfslehrerinnen noch weniger. Ich würde erst in einer Woche in meine neue Wohnung einziehen können und da ich bis dahin keine Familie hatte, bei der ich unterkommen konnte, hatte ich keine andere Wahl gehabt, als ein Zimmer im schäbigsten aller Hotels zu reservieren.

Wenn es bedeutete, ein wenig Geld zu sparen, würde ich die Erinnerungen verdrängen können, die mich in Bris altem Zuhause - Brians Liebesnest - überfluten würden. Erinnerungen an Nächte, die ich mit Brian verbracht hatte, als wir noch zusammen gewesen waren, bevor er das Haus an meine Freundin verkauft hatte. Erinnerungen daran, wie ich Bri beim Streichen und Renovieren der alten Junggesellenbude geholfen habe, bis es wunderschön und perfekt geworden war, genau wie sie es sich gewünscht hatte. Es war ja ohnehin nicht so, als hätte ich vor gehabt, viel zu schlafen.

Die Blumen auf der Veranda, die sie so sorgfältig gepflegt hatte, waren schon lange eingegangen und ein unangenehmer Schmerz durchzuckte mein Herz, als ich daran dachte, wie sehr ich Bri vermisste. Ich verstand immer noch nicht ganz, was mit ihr passiert war. Sie war die Klassenleiterin gewesen, und ich war ihr als Hilfslehrerin untergeordnet gewesen. Außerdem war sie die beste Freundin, die ich je gehabt hatte. Als sie verschwunden war, nachdem sie ihre Mutter, eine Archäologin, bei einer Ausgrabung in Schottland begleitet hatte, war ich ein wenig ratlos gewesen.

Als ich sie schließlich wiedergefunden hatte, nachdem ich nach Schottland geflogen war, hatte ich feststellen müssen, dass sie sich unsterblich verliebt hatte und dass ihr neuer Ehemann, Eoin, sie vergötterte. Natürlich konnte ich ihr nicht verübeln, dass sie alles hinter sich gelassen hatte. Ich hätte dasselbe getan.

Ich hatte so eine Liebe schon einmal erlebt, aber nicht mit Brian. Was er mir vorgeworfen hatte, entsprach der Wahrheit. Der Verlust des Mannes, der vor ihm gekommen war, Jep, hatte mich dazu veranlasst, mich mit Brian zufrieden zu geben.

Ich verstand die Sache mit der Liebe. Was ich nicht verstand, war, warum Bri mich deswegen anlog. Sie hatte so selbstbewusst gelogen und eine so detaillierte Geschichte gesponnen, dass ich ihr wirklich glauben wollte, aber ich konnte es nicht. Menschen reisten nicht durch die Zeit, und sie auch nicht.

Gespannt darauf, ihren Brief zu lesen, drehte ich den Schlüssel um und trat in den Eingangsbereich. Zu meiner Überraschung war das Haus tadellos. Nun, zumindest der vordere Teil des Hauses. Vermutlich war nur ein Bereich des Hauses regelmäßig benutzt worden, und von diesem Raum würde ich mich fernhalten.

Ich ließ meine Tasche in der Tür fallen und trug nur den Brief mit mir ins Wohnzimmer, während ich mich langsam durch den Raum bewegte, das Licht anschaltete und ein paar Kerzen anzündete.

Sobald der Raum richtig beleuchtet war und der süßliche Geruch von Kürbis-Duftkerzen die Luft erfüllte, ging ich in die Küche und begann Wasser zu erhitzen, damit ich mir eine große

Tasse Tee aufsetzen konnte. Ich brauchte dringend etwas, das meine strapazierten Nerven und mein aufgewühltes Herz beruhigen würde.

Es war Wochen her, dass ich richtig geschlafen hatte. Jetzt, da die Scheidung endgültig vollzogen und Brian aus meinem Leben verschwunden war, schienen all der Stress, die Traurigkeit, die Angst und die Schlaflosigkeit der letzten Tage auf einmal über mich hereinzubrechen.

Nachdem der Wasserkocher gepfiffen und ich das dampfende Wasser in eine große, mit mehreren Teebeuteln gefüllte Tasse gegossen hatte, brach ich fast auf dem übergroßen Sofa zusammen, das in der Mitte des Wohnzimmers stand. Ich streckte die Hand aus und tastete nach einem Untersetzer. Nachdem ich die Tasse Tee darauf abgestellt hatte, schob ich die Kissen hinter mir hoch, damit ich mich aufsetzen konnte, um den Brief zu lesen.

Ich war unglaublich neugierig auf den Inhalt. Seit der Hochzeit hatte ich kein einziges Wort mehr von ihr gehört. Sie hatte sich nicht einmal die Zeit genommen, sich zu verabschieden, sondern war während des Empfangs davongeschlichen. Ich war wütend auf sie, aber ich nahm an, dass Bri ihre Gründe dafür gehabt hatte. Und sie hatte mir ein Haus hinterlassen, was sicherlich etwas bedeutete, auch wenn sie nicht geahnt haben konnte, wie sehr ich es brauchen würde. Vielleicht hatte sie es aber auch vermutet, und hatte es mir aus genau diesem Grund hinterlassen. Sie hatte Brian nie wirklich gemocht.

Ich brauchte den Umschlag nicht zu öffnen. Brian hatte das bereits getan, und die zerknitterten Ränder zeigten, wie oft er ihn selbst durchgelesen hatte, wobei er offensichtlich versucht hatte, Bris Worte zu verstehen.

Er war kurz und obwohl ich leicht erkennen konnte, dass die Handschrift von Bri stammte, sahen die Buchstaben übereilt und ein wenig kritzelig aus. Als wäre sie erst in letzter Minute auf die Idee gekommen, den Brief zu schreiben, bevor sie nach Schottland zurückgekehrt war. Der erste Teil des Briefes war, wie erwartet, eine Entschuldigung für ihre plötzliche Abreise und eine Erklärung, dass das Haus nun mir gehörte und ich es nach meinem Ermessen nutzen konnte. Sie sprach davon, dass sie mich liebte, dass meine Freundschaft ihr viel bedeutete und, wie Brian schon gesagt hatte, dass sie das Leben im siebzehnten Jahrhundert genoss und dass sie glaubte, es würde mir ebenfalls gefallen.

Danach wechselte sie abrupt das Thema und schrieb nur noch ein paar Sätze am Ende der Seite. Sie hatte sich nicht einmal die Mühe gemacht, mit ihrem Namen zu unterschreiben.

»*Das Haus gehört dir, solange du es brauchst, Mitsy, aber wenn es für dich an der Zeit ist, wegzugehen und du bereit bist, ein neues Leben zu beginnen, komm zu mir. Du bist hier willkommen. Du wirst die Hilfe der Gastwirte brauchen, die du in Schottland getroffen hast. Ich werde mir nicht die Mühe machen, dir noch einmal zu erzählen, was passiert ist. Ich weiß, dass du mir das letzte Mal nicht geglaubt hast, und ich erwarte nicht, dass du mir jetzt glaubst … Nicht, bis du es selbst erlebt hast. Ruf sie an, wenn du bereit bist.*«

Ich schwang meine Beine über den Rand der Couch und drehte mich um, denn plötzlich brauchte ich einen kräftigen Schluck Tee. Fasziniert starrte ich die seltsamen Worte an. Sie hatte es nicht einmal so formuliert, als wäre es eine Frage, dass ich hier weggehen müsste, sie hatte es geschrieben, als wüsste sie, dass es so kommen würde. Aber nicht nur das, es kam mir plötzlich so vor, als hätte sie vielleicht nicht absichtlich gelogen. Sie glaubte tatsächlich, was sie sagte.

Das veränderte die Dinge und verstärkte meine Besorgnis um sie. Selbst nachdem ich Bri gefunden und sie mir die ausgeklügelte Geschichte erzählt hatte, selbst nachdem ich Blaire getroffen hatte, die Frau, die ihr so sehr ähnelte, dass sie irgendwie verwandt sein mussten, konnte ich die Geschichte meiner Freundin immer noch nicht glauben. Es gab einen Grund, warum sie das Bedürfnis hatte zu lügen und ehrlich gesagt, war ich einfach nur froh zu wissen, dass Bri noch lebte und nicht ermordet in einem Graben irgendwo in Schottland lag. Deshalb beschloss ich, es dabei zu belassen. Widerwillig akzeptierte ich die Tatsache, dass ich nie die Wahrheit über ihr Verschwinden erfahren würde, aber wenn sie wirklich glaubte, dass sie in der Zeit zurückgereist war, dann war etwas Schreckliches mit ihr geschehen.

Ihr Gehirn war durcheinander und ich war es ihr schuldig, herauszufinden, was und wer ihr das angetan hatte. Natürlich musste ich auch aus persönlichen Gründen von diesem Ort verschwinden. Aber eine Reise nach Schottland zu unternehmen, um Bri wiederzufinden und ihr ihre Wahnvorstellungen auszureden, wäre die perfekte Ausrede, um mich aus dem Staub zu machen. Es war besser, jemand anderem aus einem Problem herauszuhelfen, als sich im Selbstmitleid zu suhlen.

Ich ging zurück zur Eingangstür und griff in meine Tasche, um meine Brieftasche und mein Handy herauszuholen, in dem ich die Telefonnummern der seltsamen Gastwirte gespeichert hatte, die ich während meiner Suche nach Bri aufgespürt hatte. Es war fast unmöglich gewesen, sie zu erreichen und ich war mir nicht sicher, ob es mir jemals wieder gelingen würde, sie zu kontaktieren. Ihre Handynummer und Adresse waren ohnehin nicht leicht zu finden gewesen.

Ich drückte die Ruftaste so schnell ich konnte und wartete keine Sekunde, damit ich meine Meinung nicht doch wieder ändern konnte. Das Handy klingelte einmal, bevor die unverwechselbare Stimme der Wirtin ertönte.

»Na, Mitsy, wie geht es dir, Liebes? Jerry und ich haben jeden Moment mit einem Anruf von dir gerechnet. Ich schlage vor, dass du anfängst, deine Sachen zu packen, obwohl du nicht viel brauchen wirst, wenn du erst einmal hier bist.«

Mir blieb der Mund offen stehen. Woher wusste sie, wer angerufen hatte? Ich bezweifelte, dass sie in dem kleinen Gasthaus eine Anrufererkennung installiert hatten. Woher wusste sie, dass ich vorhatte, dorthin zu kommen? Ich hatte noch kein Wort gesprochen und jetzt wusste ich nicht, was ich sagen sollte. »Ähm ... hi. Warum habt ihr einen Anruf von mir erwartet?«

Die alte Frau am anderen Ende des Handys lachte leise, bevor sie wieder sprach. »Nun, meine Liebe, ich weiß eine Vielzahl von Dingen, die du mir wohl nicht zutrauen würdest. Am besten kommst du selbst hierher und dann werde ich dir mehr erzählen. Obwohl ich sicher bin, dass du nichts von alledem glauben wirst, bis du es selbst gesehen hast.«

Damit hatte sie sicherlich recht. »Ok ... äh, ist Bri da? Kann ich kurz mit ihr sprechen?«

Ich wusste, dass sie mir sagen würde, dass sie nicht da war, aber offensichtlich war sie es doch. Woher hätte die Frau sonst wissen sollen, dass Bri mir empfohlen hatte, dorthin zu gehen?

»Du weißt, dass sie nicht hier ist, Liebes. Um genau zu sein, ist sie weit weg von hier, aber du wirst sie noch früh genug sehen. Sie hat mir gesagt, dass sie nicht möchte, dass du dein Flugticket selbst bezahlst. Sie weiß, dass dein Budget begrenzt ist. Ich habe die Fluglinie bereits angerufen und ein Ticket für dich gebucht. Dein Flug geht morgen um 15.00 Uhr. Du musst nur noch am Schalter einchecken. Für deinen Mietwagen ist auch schon gesorgt. Ich nehme an, dass du dich an den Weg zu unserem Gasthaus erinnerst, da du schon einmal hierher gefunden hast. Wir sehen uns bald. Gute Reise, Mitsy.«

Sie legte auf, und ich starrte verwirrt an die Wand. Gott sei Dank war es Sommer. Solange ich nicht länger als einen Monat weg blieb, würde ich keine Absprachen mit der Arbeit treffen müssen.

Es sah so aus, als würde ich mich morgen um diese Zeit in einem Flug nach Schottland befinden.

─────

Lesen Sie jetzt den Rest der Geschichte.

BÜCHER VON BETHANY CLAIRE

Lesen Sie die ganze Reihe

Liebe jenseits Der Zeit

Liebe jenseits Der Vernunft

Ein Conall-Weihnachten

Liebe jenseits Der Hoffnung

Liebe jenseits Aller Grenzen

Zu Gegebener Zeit

Liebe jenseits Aller Maße

Liebe jenseits der Träume

Liebe jenseits des Glaubens

Ein McMillan-Weihnachten

Liebe jenseits der Reichweite

Mornas Zauber & Mistelzweig

Liebe jenseits aller Worte

ABONNIEREN SIE BETHANYS NEWSLETTER

Wenn Sie sich heute für meine Mailingliste anmelden, sende ich Ihnen einen Link, über den Sie eine herunterladen können Liebe Jenseits der Zeit Bonus Epilog.

Ich möchte Ihren Posteingang nicht überschwemmen, deshalb werden Sie nach dieser Einführungssequenz nur gelegentlich von mir hören – wenn ein neues Buch herauskommt, wenn ich Ihnen einen Vorgeschmack auf ein Buch gebe, an dem ich gerade arbeite, oder wenn es ein Sonderangebot gibt.

Klicken Sie einfach auf einen der Links in den obigen Absätzen oder gehen Sie zu http://eepurl.com/hW4gkr heute anzumelden. Ich kann es kaum erwarten, dort mit Ihnen in Kontakt zu treten.

ÜBER DEN AUTOR

BETHANY CLAIRE ist eine USA Today-Bestsellerautorin von mitreißenden, schottischen Liebes- und Zeitreise-Romanen. Bethany liebt es, ihre Leser in Welten eintauchen zu lassen, die mit üppigen Landschaften, gutaussehenden Schotten, viel Magie und Happy Ends gefüllt sind.

Sie hat zwei quengelige Pelzbabys, spielt jeden Tag Klavier und liebt Disney und Yogahosen mehr, als eine Frau in den Dreißigern es sollte. Am kreativsten ist sie nach ausreichend Schlaf und der perfekten Tasse Kaffee. Wenn sie nicht schreibt, reist Bethany so viel wie möglich und verlässt ihr Zuhause nie ohne ein gutes Buch, das ihr Gesellschaft leistet.

Wenn Sie mehr über Bethany lesen möchten oder neugierig sind, wann ihr nächstes Buch erscheint, besuchen Sie bitte ihre Website unter: www.bethanyclaire.com. Dort können Sie sich auch anmelden, um E-Mail-Benachrichtigungen über Neuerscheinungen zu erhalten.

Printed in Germany
by Amazon Distribution
GmbH, Leipzig